TEAMGAMERZ

FORTNITE MODE ROYAL !

24-32, rue des Amandiers, 75020 Paris – France

Conception graphique et mise en pages intérieure : Éloïse Jensen
Correction : Catherine Rigal, Maxime Gillio

Loi n° 49-956 du 16 juillet 1949 sur les publications destinées à la jeunesse,
modifiée par la loi n° 2011-525 du 17 mai 2011.
Dépôt légal : février 2020. Imprimé en Serbie
Produit conçu et fabriqué sous système de management
de la qualité certifié AFAQ ISO 9001.

Pascal Brissy

TEAMGAMERZ

FORTNITE MODE ROYAL !

AUZOU

1

Eliot n’en revint pas.

Il relut le papier à cinq reprises. Ses parents avaient fini par signer !

— **J’Y CROIS PAS ! J’Y CROIS PAS !** répéta-t-il en boucle tout en grimpant les marches quatre à quatre pour préparer sa valise.

Mais, pour son père, un contrat était un contrat, et Eliot avait rempli sa part en finissant avec les félicitations pour son année de quatrième. Il avait ainsi obtenu l’autorisation parentale pour participer à une compétition hors du commun dotée d'un prix d’une valeur globale de 100 000 euros…

Car Eliot n'était pas seulement un collégien attentif (du moins, quand il n'était pas dans la lune à rêvasser à des plans en 3D !). Il était aussi l'un des membres d'un groupe de gamers qui commençait à se faire un nom dans le monde des jeux vidéo : la **TEAM GLADIATORS** ! Ses joueurs avaient fait parler d'eux au travers de plusieurs compétitions online et le fait qu'ils étaient tous collégiens avait vite éveillé l'intérêt de plusieurs sponsors e-sport.

L'enjeu était important. Il s'agissait d'affronter les meilleures équipes d'Europe dans un gigantesque mode Battle Royale par équipes de quatre. L'événement serait retransmis en direct, sur scène, à partir des quarts de finale sur des chaînes de télé spécialisées… Pression maximum !

Eliot fit un saut dans la salle de bains de l'étage pour embarquer sa trousse de toilette, son spray à lunettes et sa Ventoline. La saison n'était pas chargée en pollens mais, peu friand de mauvaises surprises, il préférait anticiper. Au passage, il s'observa brièvement dans le miroir et jugea sa coiffure et ses vêtements par un *Ça va le faire!* encourageant. Puis il redescendit à l'appel de sa mère.

— Tu n'as rien oublié, au moins ? questionna-t-elle en faisant un inventaire à voix haute de tout ce qu'il lui fallait pour deux semaines d'absence potentielle.

— **MA MANETTE !** sursauta Eliot.

— Je croyais que les sponsors de votre concours fournissaient le matériel ? fit remarquer son père, un rien agacé par cet excès d'enthousiasme.

— Oui, mais ma manette, c'est ma manette ! expliqua Eliot tout en sachant que ses parents ne pouvaient pas vraiment comprendre son ressenti de joueur.

Autant mettre toutes les chances de son côté. L'heure du départ avait sonné. C'était la première fois que la team se réunissait **IRL** (*In Real Life*), dans la vraie vie quoi !

— Tu es la meilleure ! Tu le sais, hein, ma puce ?

— Oui, papa, souffla Jennifer, toujours incertaine quant à sa présence dans cette salle d'attente aseptisée, merci, c'est gentil !

La jeune fille de treize ans doutait encore d'avoir fait le bon choix en acceptant de participer à cette compétition internationale. Jenn avait rejoint la **TEAM GLADIATORS** par hasard, au détour d'une partie aléatoire. Toutefois, il fallait reconnaître qu'elle s'en sortait bien sur le terrain, notamment pour ranimer ses partenaires. Ses prouesses lui avaient rapidement valu le surnom de **DOCTEUR JENN** par ses coéquipiers avec lesquels elle s'entretenait par casques et micros interposés. Mais, cette fois, il s'agissait de se voir en vrai… N'allaient-ils pas tous être déçus en la découvrant, petite, fine, avec son carré brun et son serre-tête en feutrine rouge ? Bref, la panoplie de la petite fille sage que sa mère s'appliquait à lui donner !

Pff! De toute manière, celle-ci ne comprenait rien aux technologies, et quand Jennifer commençait à vouloir lui parler des looks « geekettes » qu'elle affectionnait, notamment lorsqu'ils étaient d'inspiration japonaise… elle se heurtait à un mur.

Les parents de Jenn étaient séparés depuis trois ans maintenant. Son père, lui, était un peu plus compréhensif. Peut-être trop, d'ailleurs… Il était sans conteste le plus grand admirateur de sa fille, ce qui pouvait provoquer un certain embarras pour la gameuse. Comme en ce moment précis alors qu'il l'encourageait en public à la façon d'un entraîneur sportif :

— Te concentrer sur l'objectif ! Et – surtout – bien communiquer avec tes partenaires ! C'est primordial, la communication, tu sais ?

— Oui, papa, je sais…

À sa réponse, le sas des portes automatiques s'ouvrit. Une fille du même âge qu'elle, aux longs cheveux blonds attachés en chignon relâché et retenus par deux baguettes de style chinois, pénétra dans la pièce. La nouvelle venue était belle, très belle. Elle le savait et semblait éluder cette particularité au travers d'un regard froid, voire glacial. Venue seule, elle se dirigea droit vers eux.

— Tu dois être Jenn ? déclara-t-elle tout de go. Salut ! Moi, c'est Cora !

— Co… Cora, marmonna Jenn, ne sachant pas si elle devait lui serrer la main ou lui faire la bise, tu es… Cora ?

— Les autres sont arrivés ? poursuivit la jeune fille comme si de rien n'était.

— Eliot va bientôt revenir. Je l'ai vu en entrant, mais il a dû retourner à l'accueil pour leur fournir son autorisation parentale…

— Je lui avais dit qu'il l'aurait sans problème, non ? crut utile de rappeler le troisième membre de l'équipe des Gladiators. Et Théo ? En retard, je parie ? Monsieur va encore débarquer à la dernière minute…

— Heu… oui, c'est possible !

Un groupe fit irruption dans la salle d'attente, implantée au rez-de-chaussée d'une grande société de matériel et accessoires informatiques. Eliot était encadré de ses parents et suivi par deux autres adultes, une femme aux airs de secrétaire de direction et un jeune homme habillé en costume-cravate. Ce fut la femme qui se chargea des présentations :

— Je vois que vous êtes tous arrivés, vous aurez tout le temps de discuter une fois sur place… Vous serez hébergés dans un hôtel cinq étoiles du centre-ville, jusqu'à votre possible élimination de la compétition, que, bien sûr, nous ne souhaitons pas, ajouta-t-elle avec un sourire de façade avant de poursuivre son monologue : Pour ce faire, je vous présente Dimitri, votre chaperon. C'est lui qui s'occupera de vous avant et après vos matchs. Vous pouvez lui demander ce que vous voulez, dans la mesure du raisonnable, bien entendu ! Il se fera fort de vous satisfaire. N'est-ce pas ? dit-elle en tournant la tête vers l'intéressé qui se contenta d'acquiescer. Dimitri sera aussi celui qui tiendra vos parents au courant de vos faits et gestes durant la période où vous serez nos invités. Chez **COMPUTER-STORM**, nous aimons savoir que nos joueurs se sentent bien, c'est la clé pour de bonnes performances !

— Il manque Théo, coupa Cora.

— Monsieur Théo vous attend déjà dans le minivan stationné sur le parking de l'entreprise, vous êtes donc invités à dire au revoir à vos parents… le cas échéant… et à le rejoindre ! conclut la femme avec une pointe acerbe à l'égard de celle qui venait de l'interrompre dans son discours de bienvenue débité à vitesse grand V.

Les adieux furent brefs. Un peu plus longs pour Jennifer, son père n'arrivant pas vraiment à partir. Mais la **TEAM** se trouva enfin au complet à l'intérieur d'un minivan gris acier dont le moteur tournait.

Un garçon d'origine asiatique était déjà installé sur l'un des fauteuils en cuir alignés à l'arrière. Ses cheveux noir de jais étaient rabattus en rideau devant ses yeux et il portait un gros casque *wireless* de couleur or sur les oreilles. Comme à son habitude, Théo ne dit mot et laissa ses coéquipiers prendre place sans même les regarder. Seul son index battait la cadence sur sa jambe au rythme d'un son trop fort.

— Sympa, l'accueil ! grinça Cora en rabattant la portière derrière elle.

Le garçon ne releva pas. Quand Théo parlait, c'est qu'il avait une bonne raison de le faire. Il jugea que ce n'était pas nécessaire dans le cas présent et préféra rester dans sa bulle, rongé, comme les autres, par cette envie grandissante d'allumer les consoles que la firme allait mettre à leur disposition… Tous étaient prêts à commencer l'entraînement avant le début du tournoi. La **TEAM GLADIATORS** était rassemblée : Cora, la fonceuse ; Eliot, l'architecte ; Docteur Jenn et Théo, le fantôme… Une équipe prometteuse sur le papier.

◆ Cora
◆ Eliot
◆ Jenn
◆ Théo

W N

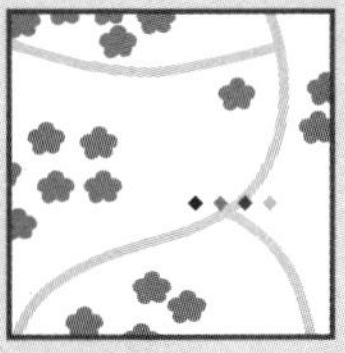

∞

2

— N'oubliez pas, prévint Dimitri debout au milieu du carré des quatre joueurs, les règles évolueront au fur et à mesure de vos parties ! Une fois la compétition lancée, les **MAPS** et les **MODS** seront choisis au hasard parmi toutes les saisons existantes et l'équipement variera en conséquence. C'est compris ?

Dans Fortnite, le but était simple : éliminer les adversaires et devenir les derniers survivants pour gagner.

Certains joueurs s'agitaient pour récupérer les armes disséminées dans la zone d'attente, ou dansaient perchés sur des véhicules pour s'amuser, mais les **AVATARS** de la team demeurèrent immobiles à proximité du bus et de sa montgolfière qui s'apprêtait à survoler la **ZONE** de la prochaine partie.

Cora et Théo avaient choisi des personnages à leur image, tandis qu'à l'inverse, Eliot s'apparentait à une montagne de muscles et Jennifer avait un **SKIN** haut en couleur avec des cheveux roses coiffés de deux couettes.

CORA

Allez, c'est parti ! Tout le monde au nord de l'île, ne perdez pas de temps avec vos **parachutes** ! On se retrouve à côté des containers !

ELIOT

Ça marche !

Au sol, la priorité était de trouver les coffres cachés un peu partout. Ceux-ci libéraient différents équipements à l'ouverture, dont la qualité variait entre commune, peu commune, rare, épique, et ce jusqu'à la classe légendaire. Une **MÉLODIE** sourde signalait leur emplacement lorsqu'un joueur passait à proximité et ce fut Cora qui repéra le premier, placé au pied d'un pylône électrique. Elle arma son chargeur.

CORA
J'ai un fusil de chasse !

De son côté, Jennifer venait de trouver un **COFFRE** au premier étage d'une habitation isolée.

JENN
Un **snipe** pour toi, Théo !

CORA
Eliot, t'en es où dans ton **farm** ?

ELIOT

Ça avance! J'ai le stock de bois, de pierres, mais il me manque encore pas mal de métal!

Il reprit ses coups de pioche sur un **CONTAINER** pour en récupérer la matière première utile pour de futures **CONSTRUCTIONS**. C'est alors qu'un message sur leurs écrans annonça l'arrivée de la tempête. Ce phénomène climatique obligeait les joueurs à se regrouper sur la même zone. L'**ŒIL DU CYCLONE** variait d'une partie à l'autre et son périmètre rétrécissait toutes les trois minutes jusqu'au minimum possible… Coup de chance pour la team, ils se trouvaient dans le bon secteur et n'avaient pas besoin de se déplacer dans l'immédiat.

Un tir déchira l'air et mit à mal leurs préparatifs. Eliot construisit des parois à la hâte. Mais elles volèrent rapidement en éclats sous les balles d'une mitrailleuse. Cora s'abrita derrière l'un des murs de la maison.

CORA

Une **Gatling** !

Un tir de **SNIPER** de Théo interrompit momentanément le chant des balles. Le tireur tomba au sol.

CORA

Ils vont vouloir le ranimer !

Elle ne s'était pas trompée. À peine à découvert, elle repéra un joueur de l'équipe adverse en train de se précipiter pour aider son coéquipier à se relever. Cette équipe avait engagé le combat prématurément, soit par un excès de confiance lié aux armes ramassées, soit par une réaction trop rapide de l'un de ses membres. Le fusil de chasse retentit à trois reprises et le deuxième joueur tomba au sol, libérant son **LOOT**.

ELIOT

Pfff ! Rien d'intéressant !

Mais le combat était loin d'être terminé et dans le même temps, Cora reçut une balle dans l'épaule. Elle bondit le long du chemin pour se réfugier dans la maison avec Jennifer.

JENN

J'ai deux mini-boucliers, si tu veux !

CORA

Merci, ça ira ! J'ai des bandages… Théo ? J'ai repéré le troisième, il est dans le deuxième **bush** à droite du pylône… Et, Eliot ? Concentre-toi sur tes **parois** steup' ! C'était une erreur de débutant tout à l'heure !

La nervosité des joueurs était presque palpable… Autre tir de sniper, suivi d'un troisième qui fit mouche. Cette équipe était à terre, mais il en restait d'autres.

CORA

On bouge ! Ça va rappliquer !

La **TEAM** descendit en ordre semi-dispersé en direction du sud-est. En plus des coffres, des containers étaient libérés aléatoirement sur la carte *via* des **MONTGOLFIÈRES**. Le chargement de ces caisses métalliques était souvent précieux et suscitait les convoitises. L'une d'elles apparut à l'horizon, mais Cora jugea sa position trop éloignée pour s'y intéresser. Elle sauta pour éviter d'être une proie facile, suivie par Jenn qui l'imita. Sur leur droite, Eliot préféra la jouer plus discret et fila de bush en bush en s'arrêtant moins de cinq secondes à chaque fois.

Théo était resté un peu en arrière. Au pire, il avait ramassé un **TREMPLIN** qu'il pourrait utiliser pour les rejoindre en cas d'urgence. Il balaya la **ZONE** avec la lunette de son arme… Il vit Cora grimper à l'arrière d'un camion pendant que Jenn continuait son chemin vers un relief plus montagneux. Mais un tir inattendu sonna le glas de sa séance d'observation.

ELIOT

Théo !

Mince ! Leur sniper était devenu la cible !

Les filles foncèrent en direction d'une petite maison à flanc de colline avant de s'accroupir pour y rentrer.

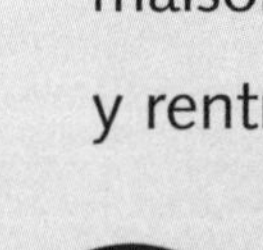

JENN

Attention aux pièges…

Tout à coup, une grenade jaillit par l'une des fenêtres. Les artilleuses étaient coincées ! Combien étaient leurs adversaires ? Cora essaya d'ouvrir la porte pour ressortir en tête.

CORA

Pousse-toi, Jenn !

La collision des deux guerrières fut suivie d'une détonation fatale. L'issue s'ouvrit et l'ennemi acheva le travail : **BAM ! BAM ! BAM !**

Eliot était le dernier debout. Il bâtit une tour de fortune, alternant en quinconce parois de métal et de **BRIQUES**. Les tirs s'étaient tus. Il s'agenouilla, pris au piège de sa propre boîte, et réfléchit à la conduite à adopter.

L'initiative et le temps de réaction d'un joueur sont souvent les clés de sa réussite. Ces qualités n'étaient pas dans le camp d'Eliot aujourd'hui.

La base de sa tour fut rapidement détruite par des coups de **PIOCHE** et il tomba dans le vide avant de libérer les matériaux qu'il avait pris soin de collecter.

« Un vrai **NOOB**… » songea-t-il, amer.

Cette première partie était un véritable fiasco ! La suivante ? Un désastre… à peine posés, déjà éliminés. La troisième ? La **TEMPÊTE** fit des ravages et neutralisa Cora partie bille en tête et Jennifer qui avait voulu la soutenir. Le quatre contre deux ne fut ensuite qu'une formalité pour les ennemis rencontrés. Quatrième, cinquième ou sixième manche ? Mieux valait oublier !

Dans la salle, la jeune fille blonde fit glisser son casque de ses oreilles pour marmonner une flopée de jurons sous le regard réprobateur de Dimitri.

— On arrête les frais ? finit par proposer leur chaperon en leur mimant des mains le « T » de Temps mort.

Les joueurs acceptèrent de poser leurs manettes, trop heureux qu'on mette fin à leur supplice.

— Qu'est-ce qui vous arrive ? s'énerva Cora en repoussant le fauteuil à roulettes loin de son écran. Vous êtes tous des **FAKES**, ma parole !

Depuis leur rencontre, les **GLADIATORS** n'avaient tout simplement pas retrouvé leurs marques. Personne n'avait été bon, ni totalement mauvais. Quoique... Ils avaient tous commis une bourde fatale pour l'équipe entière à un moment ou un autre.

— Les premiers tours éliminatoires ont lieu demain en début d'après-midi, rappela Dimitri, vous feriez mieux de regagner vos chambres pour vous reposer.

— Pas la peine de défaire vos valises pour profiter de l'hôtel, lança Cora d'un ton resté colérique, on sera rentrés avant demain soir ! prévint-elle en sortant la carte magnétique de sa chambre pour s'y réfugier.

— Rendez-vous à 19 heures dans le hall pour ceux qui veulent dîner ensemble, conclut Dimitri en desserrant le nœud de sa cravate, synonyme de relâche pour tout le monde, sinon vous avez le room service, si vous préférez !

Théo quitta les lieux dans l'ombre de Cora, tandis que Jennifer tentait d'adresser un petit sourire au dernier coéquipier dans la pièce.

— On a fait ce qu'on a pu, voulut-elle encourager Eliot.

Hélas, pour gagner, il faut aussi savoir se surpasser, et ça n'avait pas été le cas. Après cette démonstration, la Team Gladiators aurait pu aussi bien s'appeler la **TEAM CATASTROPHE** !

GAME OVER

3

L'émerveillement ressenti par les joueurs lorsqu'ils avaient pris possession de leurs chambres n'était plus d'actualité. Les parties ratées de l'après-midi avaient gâché le plaisir. Eliot demeura tout de même admiratif devant la taille de sa chambre, où on aurait pu faire du skate sans toucher un meuble. Cet endroit était à la hauteur de ce que la team s'apprêtait à vivre : **INCROYABLE !** C'était une chance d'être là, des milliers de joueurs auraient rêvé d'être à leur place. Et, pourtant, s'ils continuaient sur cette voie, ils allaient tout fiche en l'air en un claquement de doigts !

Le garçon reposa son assiette vide sur le chariot à roulettes doré que le service d'étage lui avait apporté. Le burger commandé était délicieux et les frites à tomber, mais il sentit qu'il aurait du mal à digérer… Il fallait s'en douter, personne n'était descendu pour le dîner. Eliot l'avait espéré. Mais il était remonté en dépit de l'invitation de Dimitri. Leur chaperon lui avait confié avec une moue dubitative :

— Je serais toi, je profiterais du confort de l'hôtel, bonhomme ! Ce n'est pas tous les jours qu'on peut s'offrir un tel luxe…

Il avait acquiescé en devinant que Dimitri avait laissé sa phrase en suspens pour sous-entendre que ces plaisirs seraient tels que l'avait prophétisé Cora… de courte durée !

20 heures – son portable sonna comme un métronome. Ses parents venaient aux nouvelles.

— Alors, comment ça se passe ? questionna sa mère. Attends, je mets en haut-parleur.

— Ben… C'est plutôt mal parti… j'ai raté pas mal de trucs… on a perdu toute l'aprèm…

— Ça reste un jeu, intervint son père, qu'il devina dédaigneux.

— Bon… Tu veux que papa vienne te chercher ?

— Non, ça ira. Merci, maman.

La conversation s'agrémenta de quelques rappels des **règles** parentales avant de prendre fin avec la promesse d'un appel le lendemain à la même heure.

Eliot s'étendit sur son lit king-size. Il continuait de s'en vouloir. Les **PARTIES** qu'ils avaient disputées défilaient en boucle dans sa tête. Chaque fois, il agrémentait les différents scénarios par des *Si j'avais mis une paroi de plus, peut-être que…*, ou *si j'avais looté une autre arme…*, et *si je m'étais décalé d'un centimètre sur la gauche, ça m'aurait permis de…*

Si, si, si…

Théo était assis en tailleur au bout de son lit. Il avait enfilé un survêt blanc et fixait la tapisserie murale aux lignes diffuses devant lui. Ses pensées étaient vides…

Cora répondit aux SMS de ses parents par « oui » ou « non ». On ne pouvait pas faire plus bref. Elle abandonna finalement son portable sur le bureau en bois laqué et se dirigea vers la salle d'eau pour se faire couler un bain. La joueuse n'avait rien avalé et son ventre se mit à gargouiller. Elle s'en fichait pour l'instant, une rage sourde la nourrissait.

C'est clair ! On va se planter ! pensa-t-elle en se mordant la lèvre.

Et ensuite ? Pas difficile à deviner, chacun rentre chez lui et plus de **TEAM**…

Cora entendait déjà la voix de sa grande sœur :

« Ben alors, ma Coco, tu as perdu ? C'est pas grave, tu sais… ça arrive ! »

Non.

Primo, elle avait mis Tiphaine en garde un milliard de fois : personne n'avait le droit de l'appeler Coco ! Secundo, l'échec n'était acceptable que s'ils avaient tout donné… et ce n'était pas le cas aujourd'hui.

Oui, elle avait besoin d'un bain !

À y réfléchir, ce n'étaient pas les erreurs de ses partenaires qui la mettaient en rogne. Le problème était plus complexe à cerner qu'une simple faute individuelle. Cora le devinait sans savoir exactement ce qui clochait. Jusqu'à maintenant, quand ils jouaient en ligne, elle ressentait quelque chose de magique. Leurs rapports **IN-GAME** étaient étranges, une alchimie dont ils ne parlaient pas mais dont chacun avait conscience, un peu comme si on assemblait les ingrédients d'une recette de cuisine au gramme près sans le vouloir.

Là, que dalle !

Franchement, elle avait eu envie de hurler après leurs défaites en série ! Cora avait commencé par fusiller Théo du regard avant de bousculer volontairement son fauteuil en passant près de lui. Il était resté de marbre, pourtant, c'est lui qui lui avait suggéré en **MP** de prendre la tête de leur groupe et de monter cette team. Ensemble, ils avaient choisi leur nom en se comparant à des gladiateurs de l'Empire romain… vaincre ou périr !

— Pfff ! Tu parles ! J'aurais mieux fait de rester dans l'équipe des **DIVINITY** tiens ! marmonna-t-elle à propos d'une ancienne équipe qu'elle avait quittée après une dispute à propos de la répartition des **LOOTS**.

Restait qu'en retournant dans sa chambre, Cora n'avait pas été très cool avec Jenn. Sa partenaire voulait juste la retenir et n'avait rien dit qui mérite qu'elle l'envoie bouler ainsi, mais son tempérament bouillonnant avait pris le dessus. Elle allait devoir travailler sur ce problème… Sinon, à force de jouer les volcans, elle n'aurait bientôt plus besoin d'eau chaude pour prendre un bain à bonne température !

Théo regardait devant lui. Ses pensées étaient toujours… non, ce n'étaient pas ses pensées… Cette sensation de vide venait d'ailleurs…

Jennifer contempla les deux valises debout, prêtes à franchir la porte de sa chambre (fabuleuse – grande – belle et… fabuleuse chambre) dès qu'elle l'aurait décidé. La jeune fille se tenait à l'autre bout du couloir à une distance d'environ huit pas. C'était à peu de chose près ce qui la séparait de la décision qu'elle avait à prendre : « Partir » *versus* « Rester » ? Elle fit la moue en repassant les « pour » et les « contre » qu'elle avait déjà inventoriés trois fois dans sa tête :

• Le jeu ? **POUR !** Il y avait encore un max de possibilités à exploiter dans Fortnite !

• Le matos ? **POUR !** Consoles pro et manettes neuves ! Le matos parfait ! Jenn ne comprenait pas pourquoi Eliot s'entêtait à garder ses joysticks à moitié tordus…

• Le lieu ? **POUR !** Après, en direct, ce serait certainement une autre histoire… Mais fallait pas trop rêver… Dommage…

• Sa chambre d'hôtel ? Méga **POUR !** Une seule et unique chambre (grand luxe!) plutôt qu'une petite chez son père et une, trop bien rangée, chez sa mère (sans parler des trucs qu'elle n'arrêtait pas d'oublier d'un côté ou de l'autre quand elle en avait besoin). Avec, en prime, une sensation de liberté qui n'était pas désagréable ! Et ça, elle le devait à sa passion pour les jeux vidéo… Et passion ne voulait pas dire exagération, contrairement à ce que pensait sa mère ! Jenn ne jouait pas tous les jours, seulement quand elle en avait envie. C'était parfait ainsi !

• Une place méritée ? Mouais… ça, c'est pas sûr, on verra… Parce que niveau **skills** cet aprem, c'était pas au top, top !

• La compétition ? Elle ne savait toujours pas si c'était une bonne chose. Théo l'avait convaincue avec une batterie de SMS : « Il faut savoir prendre des risques pour progresser... » Mouais… pareil… à voir…

• L'ambiance de la team ? **CONTRE !**

Ça se passait de commentaire !

En tout cas, elle ne méritait pas d'être traitée « d'empotée » par Cora qui lui avait reproché leur collision dans la maison pendant la première partie.

— Peuh ! Qu'est-ce qu'elle croit ? Elle n'a pas fait mieux en se faisant éliminer par la tempête juste après, gourdasse !

Jenn sourit, malicieuse. Puis elle tourna le dos à ses valises. Dommage qu'elle n'ait pas trouvé cette réplique au bon moment !

Théo se leva. Il retira son casque qui ne diffusait pourtant aucune musique. Il aimait la sensation d'isolement que ça lui procurait. Se couper du monde l'aidait à réfléchir, à faire le point, et aussi, parfois, à combler ce manque qu'il ressentait. Il se dirigea vers l'entrée de sa suite comme un robot habitué à répéter les mêmes tâches ou trajets. Le garçon ouvrit la porte et trouva un plateau déposé à son attention par le service d'étage, comme il en avait l'habitude.

Théo se tira la langue tout seul à travers le reflet de la cloche chromée qui protégeait son repas. Tout allait bien se passer. Il ne manquait pas grand-chose. Demain serait un autre jour… Il le pensait.

Il le fallait.

W N

◆ Cora
◆ Eliot
◆ Jenn
◆ Théo

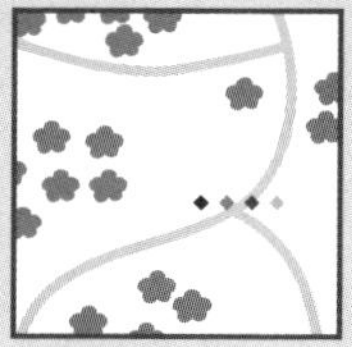

24

4

14 heures pile. Le premier tour démarra. Ses règles étaient spécifiques à ce concours afin de le rendre unique. Six équipes de quatre joueurs allaient s'affronter au cours d'une seule **MANCHE**. La team encore debout à la fin du round serait déclarée gagnante.

Cora avait repris le **LEAD**.

CORA

La **map** de la saison 10, tout le monde à **Lucky Landing**, OK ?

ELIOT

Mmm… Une config à mobilité réduite… ni **quad** ni **bulle**… OK!

JENN

Théo va pouvoir se faire plaisir avec le dernier sniper **semi-auto**! Sinon, perso, je vois bien la zone se refermer sur **Loot Lake**…

CORA

On verra ça tout à l'heure! Vous me nettoyez d'abord le périmètre! Théo, dès que tu peux, tu files dans la **tour de l'horloge** pour nous couvrir… enfin, tu sais ce que t'as à faire…

Eliot fut le premier au sol. Il se posa sur la bâtisse principale de la ville. Celle-ci formait un grand carré ouvert avec en son centre un cerisier japonais fleurissant. Le Japon était le sujet d'inspiration principal de cette ville et de son décor. Le soldat donna ses premiers coups de pioche pour traverser un toit. Le son d'un **COFFRE** bourdonnant émana de la charpente, et il récolta un fusil-mitrailleur vert pour commencer, ainsi qu'un bouclier.

Cora, elle, s'attaqua directement au cerisier. Comme souvent, l'arbre cachait aussi un coffre. Il apparut dès la récolte de bois terminée et elle **LOOTA** un précieux fusil à pompe. Une arme puissante qui avait une bonne portée par rapport au modèle standard.

Pendant ce temps, Jenn fouillait un magasin tout en surveillant l'extérieur par les vitrines. Elle fut récompensée par une arme épique, un **SCAR** et son chargeur de trente munitions. Il en existait un modèle légendaire, mais ce ne serait pas pour cette fois.

Théo restait silencieux, mais il avait obtenu ce qu'il cherchait : un fusil de précision. Il se faufila rapidement hors de leur champ de vision. Il était l'électron libre de la team, leur **JOKER** en cas de coup dur.

Le groupe avait de la chance, des cinq autres équipes, aucune ne semblait s'être aventurée dans le secteur. Eliot fit sonner le klaxon de plusieurs voitures en les minant à coups de pioche pour récupérer la ferraille lorsqu'un message annonça l'arrivée de la tempête d'ici deux minutes.

Cora inspecta l'étage d'un bureau désert.

CORA

On se tient prêts, s'il vous plaît !

L'œil de la tempête apparut quasi au centre de la **MAP**.

CORA

OK, passage au sud des champs d'**Anarchy Acres** ! Et on file jusqu'à Salty Springs.

JENN

On ne sera pas les seuls sur ce coup !

ELIOT

Y a de fortes chances !

Le trio Cora, Jenn, Eliot s'engagea à découvert. Théo les rattraperait, comme d'habitude. Les joueurs n'eurent pas à atteindre la ville suivante pour savoir qu'elle était occupée. Une équipe avait construit un véritable **BASTION** à partir d'une tour existante qui dominait la ville.

CORA

Soit on tente plus au sud, soit on passe carrément au nord de la ville, au pied de leur **construction**. Mais dans ce cas, faut pas traîner !

ELIOT

Pas bête, l'angle de vue sera réduit ! Ils ont dégagé les arbres à proximité pour avoir une meilleure visibilité sur leur ligne d'horizon.

JENN

Alors y a des chances qu'ils regardent un peu plus loin que sous leur nez !

L'idée de Cora était d'atteindre un bâtiment **SAFE** avant l'annonce du prochain œil. Ensuite, il leur resterait à cueillir la team adverse à revers quand elle migrerait vers le nouveau point désigné sur la carte.

Eliot pénétra le dernier dans la maison **CIBLÉE** par Cora. À première vue, l'équipe adverse n'avait pas remarqué leur passage. L'endroit avait déjà été fouillé et un bruit particulier les invita à ne pas pénétrer dans la cuisine.

JENN

Gaffe ! Ils ont placé un piège électrique !

ELIOT

Pas très discret ! Perso, je préfère les herses… Je trouve ça plus efficace !

JENN

Ils ont peut-être quitté le **secteur** ?

THÉO

Non, ils sont encore là. Je confirme. Ils viennent de construire une porte sur l'arrière…

Un silence de quelques secondes s'installa dans l'équipe comme à chaque fois que Théo prenait la parole. Le garçon partageait toujours ses infos à bon escient, et la team opta pour conserver le plan de Cora. L'annonce tomba au même moment et la tempête resserra son étau.

JENN

J'avais vu juste, ça file droit sur **Loot Lake** !

THÉO

Ils arrivent… Il y en a deux qui descendent droit sur vous et les autres passent à l'ouest de votre position.

Cora avait le doigt crispé sur la détente.

CORA

OK, prêts ?

Cette question n'attendait pas de réponse. La chef de mission rouvrit la porte à l'arrière de la maison et s'élança bille en tête : **BAM** ! Une première détonation sonna l'engagement du fight.

Eliot et Jenn sortirent par l'avant de la **BÂTISSE**. La riposte n'avait pas tardé et les coups pleuvaient des deux côtés. Les deux adversaires avaient construit une pente en bois, à la fois pour se protéger mais aussi pour prendre de la hauteur. Ce qui, en théorie, leur donnerait un ascendant sur leur assaillant et renverserait la situation.

Une technique qui ne fonctionnait pas en cas d'attaque à revers… **TAC, TAC, TAC** ! Jenn et Eliot achevèrent le travail entamé par Cora.

Un troisième joueur fonçait sur eux pour en découdre, mais la meneuse de la **TEAM** avait encore quelques munitions en réserve. Leur face-à-face fut vite expédié. Restait le quatrième joueur… Une détonation sèche suivit.

THÉO

C'est bon, **l'équipe** est à terre !

Un compteur, dont les chiffres s'emballèrent rapidement, leur signala qu'ils n'étaient pas les seuls à avoir triomphé d'adversaires : 5… 4… 3… 2…

Eliot réapprovisionna son chargeur.

ELIOT

Je ne sais pas ce qui s'est passé, mais c'est un carnage là-bas !

CORA

Ça pue **l'embuscade** ! Allons-y, on ne doit pas leur laisser le temps de se poser...

La team courut vers Loot Lake, un grand lac implanté au centre de la carte avec plusieurs bâtisses ou entrepôts sur la rive ouest. Leur arrivée se fit du côté opposé et ils longèrent l'eau en essayant de ne pas s'exposer plus que nécessaire. Chacun progressait en gardant en ligne de mire deux constructions en vis-à-vis au bord de l'eau. C'est sans doute là que s'était déroulé le combat le plus acharné. Comble de tout, une **MONTGOLFIÈRE** et son chargement venaient de tomber sur l'une des structures. Leurs adversaires étaient servis à domicile !

THÉO

Coupez par le lac ! Sinon, la **tempête** va nous rattraper...

CORA

T'es sûr ?

THÉO

Certain ! Eliot, occupe-toi des **ponts**. Foncez, je vous rejoins sur place !

Cora ne prit pas la peine de lui demander ce qu'il avait en tête. Elle avait peur d'avoir deviné.

JENN

Ils vont nous tirer comme des lapins !

C'est le but ! songea sa voisine avant d'emboîter le pas à Eliot.

La réaction de leurs rivaux ne se fit pas attendre. Eliot fut touché par un tir sorti de nulle part.

Les trois quarts de sa barre de vie s'envolèrent et il se mit à boiter avant de complètement s'embrouiller dans ses constructions.

Cora prit le relais.

CORA
Laisse-le ! On n'a plus le temps !

JENN
Hein !? Mais…

La joueuse se retourna lorsqu'une nouvelle salve de tirs la rappela à l'ordre.

JENN
Désolée, Eliot !

ELIOT
…

Cora continua droit dans la gueule du loup.

CORA
Ils sont dans la construction à droite !

THÉO
3…

Tout à coup, Jenn fut touchée à son tour. Mais elle n'avait pas la possibilité de s'arrêter pour s'appliquer des soins.

JENN

Mince ! Ils vont me **dépop** !

THÉO

2…

Cora courut sur les pentes de bois qu'elle lâchait devant elle pour rejoindre la construction de la team rivale. Elle sauta sur une plaque de tôle et se trouva nez à nez avec le joueur qui l'attendait, prêt à l'accueillir : **BAM ! BAM !**

Trop tard ! Fin de partie pour la leader des **GLADIATORS** !

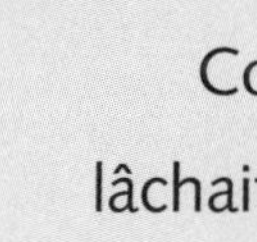

THÉO

1… et…

Une rafale acheva Jenn et confirma la position de son agresseur.

L'instant suivant, un tir, propre et sans bavure clôtura le match.

Un seul joueur était encore debout. Le fantôme avait fait son office en se hissant dans l'ombre des murs adverses. Fin de partie.

Victoire officielle de la **TEAM GLADIATORS**.

YOU WIN

5

Les écrans continuèrent à faire défiler les images du jeu. Cora posa manette et casque sur la console devant elle et repoussa l'un des fauteuils « spécial gamers » fournis par **COMPUTER-STORM**, leur sponsor. La joueuse se tourna vers Théo.

— Moyen, ta technique de l'appât…

— Ouais, perso, j'ai pas trop apprécié…, bouda Eliot, contrarié d'être le premier player tombé au combat.

— C'est clair que si tu ne te plantais pas dans tes constructions, on s'en porterait mieux! lui reprocha aussitôt leur *lead* d'un ton cinglant.

— On a gagné, c'est le principal ! Pas vrai ? tempéra Jennifer en affichant un sourire encourageant.

— J'avoue avoir eu quelques doutes, mais vous vous en êtes bien tirés, les Gladiators ! intervint Dimitri, resté en spectateur dans la salle de jeu aménagée spécialement par l'hôtel. Je suis sûr que votre sponsor va apprécier, n'est-ce pas, Théo ?

— J'imagine, répondit le garçon en quittant son siège à son tour, bien joué tout le monde ! conclut-il à l'attention de ses coéquipiers avant de quitter la pièce sans prononcer autre chose que : Allez, à plus !

Cora le regarda partir, pantoise. À peine Théo eut-il franchi la porte en vissant son casque sur ses oreilles qu'elle se tourna vers Dimitri.

— Et c'est tout ? Vous le laissez partir comme ça ?

— Théo est un cas à part. Mais il ne m'appartient pas d'en discuter avec vous. D'ailleurs, je n'en ai tout simplement pas l'autorisation…

— OK…, reprit Jenn, sinon, on se fait un petit apéro-débrief dans ma chambre, si vous voulez ? À mon avis, on va devoir peaufiner plusieurs trucs pour passer le **DEUXIÈME TOUR**…

Cora hocha la tête. Il fallait qu'elle relâche la pression, elle en avait conscience. À défaut, ses réactions impacteraient le moral des autres. Si ce n'était pas déjà fait !

— Pourquoi pas ? dit-elle contre toute attente. Mais… on a le droit de se commander des trucs à grignoter pendant ce temps ?

— Aucun problème ! répondit Dimitri, visiblement satisfait de leurs **PERFORMANCES**, mais aussi à l'idée que les ados ne le cuisinent pas plus sur Théo.

Quelques minutes plus tard, le trio prenait congé de son chaperon.

— Vous êtes sûrs de ne pas vouloir rester dans l'autre salle ?

— Non, ça ira, on préfère discuter tranquille… posés entre nous… Vous comprenez ?

— Très bien. Si vous avez besoin de moi, n'hésitez pas, vous avez mon portable… Je vais en profiter pour rendre la **SYNTHÈSE** de votre journée chez Computer-Storm. À tout à l'heure, les jeunes !

— Oui, à toute ! lâcha Cora en refermant la porte de la chambre de Jenn derrière elle. C'est ça… à toute ! Non, mais quel pot de colle, j'vous jure !

— En même temps, c'est son job ! répondit Eliot avant de s'extasier sur la taille de la télé : Wouah ! Mais ton écran fait deux fois la taille du mien ! J'hallucine !

— Ah ? s'étonna Jenn. Je ne regarde pas la télé… On peut demander à changer de chambre si tu veux…

— Sérieux ?

— Moi, c'est la chambre de Théo qui m'intrigue, déclara Cora en s'asseyant sur le bureau, j'adorerais être une petite souris pour voir ce qu'il y cache !

— Qu'est-ce que tu veux dire ? interrogea Eliot, intrigué.

— Je crois qu'elle a raison sur ce coup, coupa Jenn sans attendre la réponse de sa coéquipière, Théo est bizarre depuis le début du tournoi… J'veux dire d'habitude, il est bizarre, mais là encore plus…

— Ah ! je ne suis pas folle ! Toi aussi, tu l'as remarqué !

— Remarqué quoi ? continua le seul garçon dans la pièce. Vous n'êtes pas un peu paranos, les filles ? Théo, il est juste timide. C'est tout !

Le service d'étage leur livra de super goûters commandés dans l'intervalle et la **CONVERSATION** revint au jeu. L'atmosphère se détendait petit à petit.

— On a eu chaud ! marmonna Eliot, avachi sur un pouf en cuir.

— Pas tant que ça, Théo sait gérer ce genre de situation ! répliqua la jeune fille blonde qui, pour une fois, prenait la défense de leur joker fantôme. J'ai juste peur qu'un jour il tombe sur plus fort que lui à ce petit jeu de cache-cache…

— En tout cas, on s'est bien défendus contre l'autre team dans **SALTY SPRINGS** ! rappela Jenn.

— C'est vrai, admit Cora, on pourra peut-être faire quelque chose de vous…, plaisanta-t-elle.

— Faut encore qu'on soit d'accord pour te garder ! lança Jenn avec un clin d'œil.

— Dites… Je voulais vous dire… Les regards se fixèrent sur Eliot dont la voix se fit hésitante : Je suis désolé… j'suis pas au top depuis qu'on est ici… Le concours… L'hôtel… tout ça, c'est beaucoup d'un coup pour moi et…

— T'inquiète, on est une team ! le rassura Jennifer. Et puis, on a tous un peu le trac, tu sais… pas vrai ?

Elle chercha du regard sa partenaire qui l'appuya.

— Ne vous inquiétez pas, on va reprendre nos marques dès le prochain tour ! J'en suis sûre, sinon…

— Sinon ? s'inquiéta Eliot.

— Ben on viendra tous s'enfermer dans la chambre de Jenn pour toujours, parce que c'est carrément la plus grande d'après moi ! ricana la leader des Gladiators.

Le repas fut un peu guindé pour les gamers. Dimitri tenait à les inviter dans le restaurant de l'hôtel pour fêter dignement leur première victoire. La situation créa quelques fous rires, lorsqu'ils essayèrent de déchiffrer les noms des plats à la carte, comme :

— Velouté de brocolis et son nuage de tomate sur lit d'asperges miniatures !

— Même moi, je ne suis pas sûr de savoir en quoi ça consiste ! avoua leur chaperon.

Seule ombre au tableau, l'absence de Théo… Cora se garda d'en faire la remarque, préférant profiter de l'instant. Elle commençait à apprécier Jenn de plus en plus et admirait sa faculté de positiver même dans les moments les plus tendus du jeu. Quant au côté bon élève d'Eliot, il était plutôt drôle! Oui, c'était sympa de se voir en vrai et de partager ces moments. Dommage que Théo ait décidé de se la jouer perso…

En tout cas, la **VICTOIRE** n'avait pas été simple, mais ils l'avaient décrochée!

— Je vais devoir retourner dans ma chambre, s'excusa Eliot à l'heure du dessert, mes parents ne vont pas tarder à m'appeler…

— **TIMING PARFAIT!** répondit Dimitri en quittant son siège. Pendant que vous remontez tous les trois, je vais m'assurer que la salle est OK pour demain… J'ai remarqué que la lumière extérieure faisait parfois un contrejour sur ton écran, dit-il en désignant Eliot.

Les ados prirent congé et traversèrent la salle du restaurant sous les regards indifférents des quelques clients huppés. Ils se dirigèrent vers l'ascenseur et regagnèrent ensemble le quatrième étage au son d'une petite mélodie. Alors, Cora tiqua en fouillant les poches de son jean.

— Eh mince ! Je crois que j'ai oublié ma carte dans ma chambre !

— Ils doivent pouvoir te donner un **DOUBLE** à l'accueil. Je viens avec toi si tu veux, proposa Jennifer.

Ce point entendu, les filles abandonnèrent Eliot sur le palier.

Quelques secondes plus tard, elles ressortirent de l'ascenseur en riant… Quand, tout à coup, elles stoppèrent net en apercevant Théo dans le grand hall. Il était en pleine discussion avec deux autres personnes. Cora tira aussitôt Jenn par le bras pour l'entraîner derrière l'une des imposantes colonnes de marbre qui décoraient les lieux et chuchota devant son air interloqué :

— Regarde le type à gauche ! Tu le reconnais ?

Jennifer jeta un coup d'œil pour épier les trois protagonistes et balbutia, comme si elle ne croyait pas ce qu'elle voyait :

— C'est pas Chad ? Le joueur de la **TEAM NINJA-S-** ? C'est une vraie star, ce gars !

— Si, ma vieille ! répondit Cora. La seule team qualifiée d'office pour les quarts de finale !

— Qu'est-ce qu'ils font ici ?

— D'après toi ?

Jenn demeura mi-interloquée, mi-sceptique.

— Tu crois ? finit-elle par demander.

— On ne fait pas la causette dans un hall d'hôtel pour parler météo, rétorqua Cora, s'ils sont venus jusqu'ici pour lui parler, c'est pas pour des prunes… Les Ninja-S- sont venus le recruter !

Désormais, les deux espionnes amatrices se posaient une seule question : est-ce que Théo allait accepter leur offre ?

W N

◆ Cora

◆ Eliot

◆ Jenn

◆ Théo

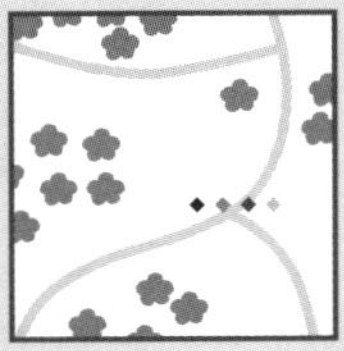

24

6

Le lendemain, le deuxième tour était planifié à 16 heures. Les quatre joueurs étaient dans les **STARTING-BLOCKS**. Une map de la saison 3 s'afficha sur leurs écrans respectifs. Flash-back imminent, pas de véhicules disponibles sur cette map… 5… 4… 3… 2… 1 ! Go ! Go ! Go !

Cora déploya son **AILE VOLANTE**, qu'elle avait choisie en forme de parapluie aujourd'hui.

CORA

Pleasant Park – middle nord-ouest !

THÉO

Je passe par le cimetière d'abord !

CORA

...

Contact au sol. Jenn fonça vers une maison aux murs verts et bleus. Elle se souvenait de la possibilité d'un coffre au sous-sol ainsi qu'à l'étage… **BINGO !** Un fusil à pompe rare, deux mini-boucliers, des pansements… et, bof ! un fusil d'assaut – à lunette – épique qu'elle n'appréciait pas particulièrement, avec ses rafales de trois tirs.

Elle ressortit de la bâtisse et aperçut Eliot qui inspectait une maison avec une niche de chien près de l'entrée. Il terminerait certainement par le coffre au milieu du terrain de foot implanté au centre de cette ville, mais se dirigea d'abord vers une bâtisse d'allure plus moderne pour en inspecter le garage.

Cora sortit d'une maison en briques rouges pour traverser les jardins et leurs tables de pique-nique. Un coffre s'y trouvait, et elle libéra un fusil d'assaut vert qu'elle laissa sur place puisqu'elle avait mieux en stock.

Pendant ce temps, Eliot posait des parois au milieu du terrain de foot.

CORA

Qu'est-ce que tu fais ?

L'annonce de la tempête venait d'expirer et ils avaient la chance de se trouver encore dans l'œil du cyclone.

ELIOT

Une minute, laissez-moi faire !

L'ARCHITECTE de la team était concentré sur la construction d'une boîte rectangulaire. Il termina par des fenêtres ouvertes sur les côtés et libéra un objet au sol près du coffre qu'il avait fouillé et dont il avait volontairement laissé tout le contenu au sol.

CORA

T'abandonnes un **légendaire** ? T'es sérieux ?

ELIOT

Tsss, fais-moi confiance pour une fois... c'est pas fini !

Il compléta sa construction et ressortit en sautillant pour se réfugier dans l'une des maisons.

Au même moment, Théo descendait un relief pentu pour les rejoindre.

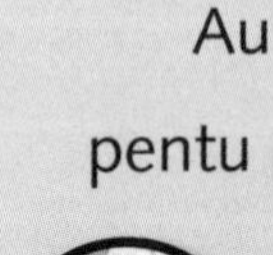

THÉO

Ça arrive par le **nord** !

ELIOT

Parfait ! Restez bien planqués, s'il vous plaît...

CORA et JENN

OK...

La team ne tarda pas à comprendre ce qu'Eliot avait préparé. Un adversaire débarqua dans Pleasant Park en éclaireur. Il courut et sautilla plusieurs fois comme le font tous les joueurs, lorsqu'il repéra **L'ARME LÉGENDAIRE** qui brillait au cœur de la cabane de fortune... Bingo ! Il se précipita par l'une des deux issues de la souricière et le piège s'abattit sur lui sans prévenir : **ZAM !**

Pour cause, Eliot avait placé deux herses au plafond ! Il avait **LOOTÉ** ces pièges dans les maisons et n'avait pas hésité à les utiliser. Résultat, il avait mis un ennemi à terre sans avoir eu à lever le petit doigt.

ELIOT

Les autres ne vont pas tarder à rappliquer pour détruire ma **cage** !

Mais ce qui se produisit fut encore plus intéressant que prévu, puisqu'un autre joueur se présenta pour s'engouffrer dans la boîte.

JENN

Il est idiot celui-là, ou quoi ?

CORA

Purée ! Ce n'est pas la même **team** !

THÉO

Exact ! Ça va sentir la poudre à canon dans deux minutes !

Le résultat était inespéré. Deux teams adverses ouvrirent le feu à proximité pour en découdre, chacune pensant que l'autre était à l'origine du piège…

S'ils parvenaient à rester cachés jusqu'à la fin de ce pugilat, il suffirait aux **GLADIATORS** de terminer le travail !

Hélas, Cora fut démasquée lorsqu'un artilleur de l'une des deux équipes se réfugia dans le même bâtiment qu'elle.

CORA

Coucou !

BAM ! BAM !

Affaire réglée. Mais ce soldat aurait vite fait de livrer à ses partenaires toutes les infos sur sa position. L'annonce du rétrécissement de la tempête s'afficha tandis qu'une montgolfière se posait lentement sur le terrain de foot comme pour féliciter les joueurs de ce capharnaüm.

JENN

Maintenant !

Les membres de la team répondirent à son appel et tombèrent à bras raccourcis sur les survivants : **TAC, TAC, TAC ! TAC, TAC, TAC !**

Moins de deux minutes après, l'escarmouche était de l'histoire ancienne. Jenn récupéra un lance-roquettes légendaire de la montgolfière. Puis l'équipe fonça sur **GREASY GROVE** et son restaurant à l'enseigne de burger géant, sans oublier sa station-service. Les compteurs indiquaient qu'il restait toujours trois équipes en lice et les Gladiators étaient gonflés à bloc, Eliot en particulier.

Ça fait plaisir de le revoir comme ça ! songea Cora en courant.

Il n'y eut aucune échauffourée sur le trajet, mais le comité d'accueil était déjà en place. Une construction apparut, comme une verrue géante dans le paysage. Elle était haute – très – et ses bâtisseurs avaient assuré ses fondations pour pouvoir développer un système de plateformes labyrinthiques. Il n'y avait pas besoin d'être fin stratège pour comprendre, vu la taille de l'édifice, qu'il était impossible d'en détruire la base puisqu'elle avait été engloutie par la tempête.

CORA

Gardez une distance raisonnable, mais restez en **groupe** !

Ni une ni deux, les soldats s'écartèrent pour éviter un **ONE-SHOT** malheureux, tout en gardant une distance suffisante pour se couvrir mutuellement. Eliot avançait en tête. L'architecte du groupe avait repris confiance et s'en donnait à cœur joie avec les matériaux récupérés en ville, en partie grâce aux deux équipes défaites. Théo lui donna un coup de main et ils partirent d'un toit pour rejoindre la structure ennemie *via* plusieurs parois de tôles.

TAC, TAC, TAC ! Plusieurs salves de tir tentèrent de mettre leur projet d'ascension à mal. Mais ils parvinrent à gagner un angle du bâtiment pour en détruire l'une des cloisons.

Ils entrèrent en deux groupes, Cora/Eliot et Jenn/Théo. Le premier binôme se hâta de prendre encore plus de hauteur à l'intérieur du bâtiment ennemi et profita des escaliers déjà en place. Le second, à l'inverse, descendit d'un **NIVEAU** et tomba nez à nez avec un adversaire. Les tirs reprirent de plus belle. Théo tomba, un genou au sol, mais Jenn eut le temps de corriger son agresseur puis de **RANIMER** son partenaire.

Pendant ce temps, un enfer s'était abattu au-dessus d'eux et seuls les rares grincements de Cora permirent au reste du groupe de savoir où en était l'action.

CORA

Tiens encore deux secondes pour celui-ci, je le coince… Bam ! C'est bon, next… Purée ! Il m'a **dézingué** mon bouclier en un coup… Bam ! Bam ! Bam…

ELIOT

Ouf ! Merci ! Tu m'as sauvé ! Attention, derrière toi !

JENN

On n'a plus le temps, il faut bouger fissa ! **L'œil** se resserre sur les falaises au nord de **Shifty Shafts** !

CORA

OK, on file ! Eliot, ramasse tout ce que tu peux, ça va encore être un **duel** de bâtisseurs !

ELIOT

Pas de problème, j'ai la main chaude !

Mais un membre de l'équipe qu'ils venaient d'affronter était encore debout, et Théo s'était lancé à sa poursuite pour obtenir un **KILL** facile.

CORA

Qu'est-ce que tu fais ?

THÉO

Je peux encore l'avoir !

CORA

Laisse ! Il finira dans la tempête dans vingt secondes !

Si l'œil du cyclone se resserrait, il était inévitable que les dégâts de la tempête – supportables sur quelques **LIEUES** en début de partie – ne fassent que s'accroître. En toute fin de manche, la mort y était quasi instantanée. Mais Théo s'entêta…

À tort ! Comme l'avait prévenu Cora, leur ennemi tomba, mais il ne fut pas le seul, et le fantôme des Gladiators, en voulant **SCORER**, commit une erreur de débutant en s'écroulant au sol à son tour.

CORA

Non, mais... je rêve !

Ce fut donc un trio qui s'engagea dans la zone abritée des éléments. Cora, Jenn et Eliot s'attendaient logiquement à une passe de quatre soldats contre trois. Mais, bizarrement, ils ne virent personne en pénétrant dans l'espace dont on annonçait encore la réduction d'ici trente secondes.

JENN

Bah ! Où ils sont passés ? On a raté un truc tout en haut ou quoi ?

Une inspection rapide du ciel leur confirma que ce n'était pas le cas. Alors, où étaient passés les derniers joueurs, et pourquoi n'engageaient-ils pas le **FIGHT** ?

Eliot envisagea la construction d'une tour au pied de la colline, juste à côté d'un bush… Pris d'un doute, et d'une nouvelle idée saugrenue, il canarda le buisson avec l'arme légendaire qui lui avait servi d'appât en début de game.

Bonne intuition ! Car, en réalité, il ne restait plus qu'un seul joueur dans le camp adverse ! Celui-ci avait tenté de se dissimuler pour survivre le plus longtemps possible et espérait un **REPÊCHAGE** pour son équipe durant ces éliminatoires : **TAC, TAC, TAC !**

La Team Gladiators venait d'obtenir une deuxième victoire d'affilée !

YOU WIN

7

Clap ! Clap ! Clap !

Comme la veille, Dimitri se tenait au centre de la team et applaudit lourdement.

— Pas mal du tout ! dit-il. Mais je n'en doutais pas…

— Ouais, c'est ça ! lâcha Cora avec un rictus, en glissant en arrière sur son fauteuil.

— En route pour les huitièmes de finale ! s'étira Eliot en bâillant.

— Heu…non ! C'était cette partie, les huitièmes ! ricana à sa droite Jenn, on part en **QUARTS** maintenant… Team contre team en trois **ROUNDS** avec le public de spectateurs et tout, et tout !

— Quoi ! Déjà !? s'empourpra le garçon, confus d'avoir mélangé les niveaux à ce stade de la compétition.

— Eh oui ! Vous avez droit à deux jours de repos, mais jeudi vous changez de catégorie ! **MATCH** de gala à 20 heures en **DIRECT** du forum de l'**E-SPORT** !

— En espérant que tout le monde sera là ! lança Cora en se tournant vers Théo.

Le joueur ne releva pas. Il se leva, éteignit son écran, et grogna :

— Désolé, j'ai mal joué ! C'était pas mon jour…

Les filles avaient gardé pour elles les infos découvertes la veille et la rencontre entre Théo et deux membres de la **TEAM NINJA-S-**. Elles avaient jugé qu'il valait mieux ne pas en parler à Eliot pour l'instant afin d'éviter de le déconcentrer.

Leur intuition avait été bonne, puisque lors de cette partie, l'architecte s'était montré sous son meilleur jour.

— Tordu, mais efficace, ton petit piège sur le stade! le félicita Cora en se détournant de l'autre garçon de la team.

— J'ai adoré, s'enthousiasma Jenn, du **GRAND ART** !

— Ah oui ? rougit Eliot en essayant de prendre un air détaché, sans convaincre personne.

Le portable de Dimitri sonna et il demanda le silence au groupe d'un geste de la main pour décrocher :

— Oui… Tout à fait… Je n'y manquerai pas, monsieur…

Leur chaperon se raidit et se tint droit comme un I en approuvant les propos de son interlocuteur mystère. L'appel se termina par :

— Je vous en prie, monsieur… C'est un plaisir de travailler dans de telles conditions… Un honneur…

Oui, très bien ! Entendu !... Passez une bonne soirée… Au revoir, monsieur !

Dimitri raccrocha et regarda son portable d'un air hébété, ce qui provoqua les ricanements des ados et l'obligea à s'excuser :

— Heu… Désolé ! C'était le président de Computer-Storm en personne ! confia-t-il en évitant le regard noir de Théo. Il m'a chargé de vous féliciter et vous fait savoir qu'il compte sur vous pour la prochaine étape de la **COMPÉTITION** !

Il s'arrêta deux secondes pour reprendre son souffle et ranger son téléphone.

— Il a juste dit ça, évidemment, quoi d'autre…, lâcha Théo en haussant les épaules.

— Oui, répondit Dimitri, embarrassé, avant de toussoter et de reprendre d'un ton plus enjoué : À part ça, vous avez **QUARTIER LIBRE** pour vos entraînements demain, à vous de vous organiser ! Vos parents peuvent également vous rendre visite si vous le souhaitez… Bref, ce sera menu à la carte !

— Bof! Mes parents travaillent tous les deux, répondit Jenn, je préfère rester concentrée sur l'objectif... la finale me tente bien! Pas vous? demanda-t-elle à ses coéquipiers avec un sourire lumineux.

— J'en suis, répondit Eliot en levant un poing au ciel dans un excès d'enthousiasme comique. Yeah! À nous la coupe!

— On n'est pas venus pour perdre! approuva Cora. Et puis, on n'a plus sept ans, on retrouvera nos parents la semaine prochaine de toute façon...

Théo acquiesça d'un signe de tête furtif.

— Sinon, ça vous dit si on se fait une séance de ciné ce soir? proposa Jenn en profitant de la bonne humeur collective.

Proposition validée par la **TEAM**!

Le groupe s'apprêtait à repartir dans les chambres avec l'idée d'un rendez-vous un peu plus tard dans la soirée, mais Dimitri les arrêta net dans leur élan :

— Pas si vite, prévint-il, avant ça, il vous reste une chose à faire…

Les gagnants du jour le dévisagèrent, interrogatifs.

— On m'a également informé qu'une conférence de presse aurait lieu dans une petite heure dans l'un des salons du rez-de-chaussée de l'hôtel. Plusieurs journalistes souhaitent vous poser des questions…

— Heu… Je crois que je vais avoir besoin de ma Ventoline ! réagit Eliot.

— Pff ! Je sens que ça va me saouler, votre histoire, marmonna Cora tandis que Jenn et Théo demeuraient silencieux.

— Vous avez donc quarante-cinq minutes maxi pour vous rafraîchir et vous changer si vous le souhaitez, reprit Dimitri, c'est parti ! Rendez-vous au rez-de-chaussée !

C'est après cet impératif que les Gladiators se retrouvèrent dans le couloir de leur étage un moment plus tard.

Une **INTERVIEW**... *mais qu'est-ce qu'on va pouvoir leur raconter?* s'inquiétait Eliot en boucle.

— T'en fais pas, on improvisera! lui chuchota Jenn, qui avait deviné ses pensées. Ça, on sait faire...

— Sinon, on peut toujours refuser, soupira Cora qui avait détaché ses cheveux et enfilé un jean craqué que Jenn – au look toujours aussi sage – ne manqua pas d'admirer.

Théo ne sembla pas de leur avis et s'engagea vers l'ascenseur. Il souffla sur ses mèches brunes et les invita à le suivre :

— Plus vite commencé, plus vite terminé... On y va?

— Ben dis donc, t'as l'air pressé! T'as peut-être une annonce spéciale à leur faire? le piqua Cora.

— J'ai surtout pas envie de rater la séance de ciné, l'ignora Théo en appuyant sur le bouton de l'ascenseur. Alors, vous venez ou vous campez?

— Le camping, c'est pas mon truc in-game, répliqua Cora en s'engouffrant la dernière dans la cage de métal et son miroir digne d'un conte de fées, tu devrais le savoir depuis qu'on joue ensemble !

L'ambiance demeura moite et ne fit que s'accentuer à l'accueil de Dimitri.

— Dépêchez-vous, l'autre équipe est arrivée !

— L'autre équipe ? s'étonnèrent en chœur Jenn et Eliot.

— Logique ! marmonna Cora en lançant un regard à la dérobade au quatrième membre du groupe, certaine qu'il allait en profiter pour annoncer son recrutement chez les Ninja-S-.

Ils entrèrent ensemble dans la salle de conférences et aperçurent trois garçons et une fille, installés derrière une longue table. Aucun de ces visages ne leur était familier et une pancarte derrière eux mentionnait Team Dreamland. Devant eux, une dizaine de personnes, la majorité, consultait leurs smartphones. On invita les derniers arrivés à se placer près de leurs homologues plus âgés et ceux-ci les accueillirent plutôt chaleureusement.

— Deux filles dans la même team, vous avez trop de chance! leur lança la joueuse des **DREAMLAND**, au look plutôt sage si on exceptait ses cheveux verts. Moi, j'en peux plus d'eux! rit-elle.

— Elle dit ça pour faire genre, la reprit un autre joueur aux cheveux longs, elle ne peut plus se passer de nous.

Rires et blagues furent de mise durant un instant, puis ce fut l'heure des choses sérieuses et le temps des questions posées par les webjournalistes qui couvraient le tournoi.

La majorité de leurs interrogations se focalisa sur l'âge des Gladiators et leur ressenti face aux enjeux d'une telle compétition, ou encore, sur ce qu'ils comptaient faire de leurs gains : ordinateurs, consoles, téléviseurs? Chaque membre y répondit avec plus ou moins d'appréhension, mais Cora martela un discours commun à l'équipe :

— C'est simple, on est là pour gagner !

— Ça tombe bien, nous aussi ! répliqua le membre des Dreamland aux cheveux longs, prêt à lui clouer le bec. Et on ne fera pas l'erreur de vous sous-estimer… Vous jouez bien, on l'a vu… à nous de jouer mieux ! lança-t-il avant de rappeler aux journalistes que son équipe avait plus d'expérience, notamment dans les parties en public.

Ce fut l'instant que Théo choisit pour reprendre la parole et annoncer :

— Dans ce cas…, dit-il, laissez-moi vous…

Nous y voilà ! songea Cora en se triturant les doigts nerveusement.

— ... vous souhaiter **BONNE CHANCE** ! lança Théo en tendant la main à son adversaire. Et si tu la croises, tu en auras besoin ! conclut-il d'un ton plus incisif.

8

Cora s'éveilla en milieu de matinée. La veille, la soirée au ciné s'était bien passée, même si elle s'était franchement sentie idiote lorsque Théo avait pris sa défense un peu plus tôt lors de la conférence de presse. Mais ce n'était pas pour ça qu'elle restait enroulée dans la couette ultra molletonnée de l'hôtel. Elle avait eu du mal à trouver le sommeil et jeta un regard lourd vers le bureau, puis en dessous vers la corbeille à papier, avec l'espoir… Non, **L'ENVELOPPE** était toujours là où elle l'avait jetée ! La tentation de relire le mot glissé à l'intérieur la saisit lorsque son smartphone vibra. Elle pensa d'abord à ses parents et fut surprise de découvrir un SMS de Théo. Il s'adressait à toute la team :

> Rassemblement dans le hall dans une heure… On sort !

Ben voyons ! Qu'est-ce qui lui prend ?

Mais cette invitation inattendue la détourna de ses préoccupations du moment. Elle décida d'y donner suite et fila se préparer…

Cora se présenta la dernière. Elle avait choisi de porter une jupe courte noire et un sweat fuchsia avec les baskets assorties et fut surprise de voir que les autres membres de la team portaient des tenues plus sportives.

— Oups ! J'ai oublié de la prévenir…, marmonna Théo.

— **GAME OVER !** lui glissa Jenn. Elle va t'arracher les cheveux !

— Ou te crever les yeux, compléta Eliot.

Mais Cora resta zen et les questionna d'un air détaché :

— Alors, c'est quoi le programme ?

— J'ai pensé qu'on pourrait aller se faire un truc tous les quatre, annonça Théo, étrangement communicatif pour la circonstance avant de marmonner un peu plus bas : Et puis j'en profiterai pour vous dire deux, trois choses…

Cette dernière phrase eut le mérite de captiver son **AUDITOIRE** et la team lui emboîta le pas en échangeant des regards intrigués. Cora et Jenn s'envoyèrent un coup de coude et chuchotèrent, sûres que Théo allait enfin leur annoncer son départ pour la Team Ninja-S- qui, d'ailleurs, jouait en fin de journée.

L'étonnement général demeura le temps de quitter l'hôtel et d'arpenter les rues du centre-ville jusqu'à une salle de sport *indoor*.

— Ne vous inquiétez pas, Dimitri est au courant! précisa en chemin Théo avant de s'arrêter devant la partie skate-park du bâtiment.

— Tu nous expliques, un de ces quatre? finit par demander Eliot, rendu de plus en plus méfiant par cette mise en scène.

— Heu, ouais, ouais…, répondit Théo en baissant la tête, ne sachant pas par où commencer, comment vous dire… Déjà, on sera tranquilles… Cet endroit est pour nous jusqu'à 16 heures…, expliqua-t-il en faisant un effort pour continuer de communiquer.

— Genre, t'as privatisé le skate-park?

— Non, mais vous êtes sérieux? pesta Cora qui venait de réaliser qu'elle n'avait pas la meilleure tenue pour faire des acrobaties. Vous comptez vraiment faire du skate?

— Ou du roller, si tu préfères!

Ils pénétrèrent dans le bâtiment comme des chevaliers sur leurs gardes. Mais ils ne découvrirent ni dragon, ni chimère, seulement des **SKATES** prêts à l'emploi…

Jenn fut la première à s'emparer d'une planche avant de se lancer sur une rampe. Elle savait en faire et ne se priva pas de se livrer à une démonstration. Comme souvent, son enthousiasme communicatif repoussa les questions de tout le monde à plus tard et donna l'envie à chacun de profiter du moment présent.

— Yeah !

Cora fit la moue, hésitante.

— Allez, viens ! l'invita Jenn.

— Non, j'vous regarde… J'sais pas en faire ! avoua-t-elle.

— Si ce n'est que ça, moi non plus ! la rassura Eliot qui venait de se prendre un gadin.

— Théo et moi, on va t'aider, s'approcha Jenn en invitant le garçon à lui prendre l'autre bras : Go, go, go !

Cora éclata de rire en essayant de les imiter.

Après tout, c'était un peu comme dans le jeu, quand il y avait une belle opportunité, il fallait la saisir!

Ils s'amusèrent ainsi comme des fous jusqu'à ce qu'un break dans un fast-food voisin soit voté en début d'après-midi. L'occasion pour Théo de reprendre ses explications lors d'une discussion redevenue sérieuse :

— Tu veux dire que ta chambre d'hôtel, en fait, c'est ta chambre normale? s'étonna Eliot en croquant une frite.

— Tes parents doivent être drôlement riches! ajouta Jenn, estomaquée.

— Je n'ai plus que mon père, marmonna Théo, vous n'allez pas tarder à le rencontrer si ce que m'a dit Dimitri est vrai… On devrait le voir à partir des **DEMI-FINALES**…

Le puzzle s'assembla aussitôt dans l'esprit de Cora.

— Ton père, c'est le patron de Computer-Storm? Nos **SPONSORS**?

Le garçon hocha la tête.

— J'comprends mieux, soupira Jenn, visiblement déçue, tu nous as pistonnés, en fait…

— Non, pas vraiment, corrigea Théo en soutenant son regard, au début mon père n'était même pas au courant que j'étais dans la team. C'est quelqu'un qui a voulu fayoter qui est allé lui cafter ! De toute façon, mon père et moi, on ne se voit quasi pas… Mais j'ai pas à me plaindre, des tas de gens aimeraient être à ma place, pas vrai ? Voilà, je voulais vous le dire avant, mais j'avais peur que vous croyiez que… enfin bref…

Ses trois **COÉQUIPIERS** le toisèrent, tous trois pour des raisons différentes…

Eliot songeait à ses parents et se disait qu'il avait de la chance quelque part. L'argent ne faisait pas tout. Théo souffrait du manque de relations avec son père et leur faisait suffisamment confiance pour leur en faire la confidence.

Jennifer comprenait le sentiment d'absence qu'il devait ressentir. Elle réalisa tout à coup que cette compétition était bien plus qu'il n'y paraissait et songea que, oui, elle avait sa place dans cette équipe où tout n'était pas aussi lisse qu'on pouvait le croire de prime abord.

Cora, comme toujours, demeura la plus méfiante :

— Et pour les Ninja-S-, l'autre soir… tu nous expliques ? interrogea-t-elle.

— Comment ça ?

— On t'a vu parler avec Chad et un autre type dans le hall de l'hôtel ! précisa Jenn en renfort.

— Ah, çaaa… rien de spécial ! relativisa Théo. Je connais Chad depuis un bail… c'est mon cousin, en fait ! Il est venu me parler d'un joueur dans une nouvelle team… **ÉLITE**… je crois…

— Et donc ? s'agaça Cora.

— Bah ! Rien d'extraordinaire ! Il rate jamais ses **CIBLES**, et Chad trouve ça chelou…

Théo haussa les épaules, dédaigneux.

C'était la première fois qu'il partageait autant de choses avec des gens de son âge et, même s'il essayait de paraître détaché, cette team était toute sa vie en ce moment. Il se sentait en totale confiance avec Jenn, Eliot et même Cora. Seul l'avenir lui dirait s'il avait tort…

À la fin de cette journée, ils avaient décidé de ne pas toucher une manette pour faire un vrai break. Ils avaient donc profité du skate-park jusqu'au bout. Mais il était primordial pour la team d'assister aux premiers quarts de finale de la compétition. Non seulement pour se faire une idée de l'ambiance à ce niveau, mais aussi pour constater de visu, sur les trois écrans géants derrière la scène, à quel point la Team Ninja-S- méritait sa réputation.

Le forum e-sport était envahi de monde et on ne manqua pas de leur jeter des regards lorsque les Gladiators s'installèrent avec leur chaperon parmi les spectateurs survoltés qui scandaient les noms de leur **ÉQUIPE** favorite :

— Ninja... S- ! Ninja... S- !

— *Back to the futuuuure!* **BACK TO THE FUTURE !**

Deux youtubeurs renommés chez les **GAMERS** animaient la rencontre et se chargeaient de garder le public chauffé à blanc. Des caméramans suivaient leurs gestes et l'un deux, habillé d'une veste de costume à paillettes criarde, hurla à la manière des grands matchs de boxe américains :

— *Are you ready to ruuuuumble?*

La foule était en délire. Mais les Gladiators retenaient leur souffle, réalisant que ce serait leur tour dès le lendemain...

Cora balaya le rang des spectateurs des yeux avant de revenir sur les joueurs dos à dos sur scène. On retransmettait leurs actions au fur et à mesure de la partie... Est-ce que celui qui lui avait glissé le mot hier soir sous sa porte était parmi eux, là dans le public, quelque part? Sûrement!

La jeune fille repensa à sa réaction lorsqu'elle

avait jeté l'enveloppe. Mais comment oublier son contenu, et cette offre sordide :

C'est l'heure des choix... Si tu aides ton équipe à perdre d'ici la finale, tu auras droit à une petite récompense de 20 000 euros cash. À toi de voir !

W N

- Cora
- Eliot
- Jenn
- Théo

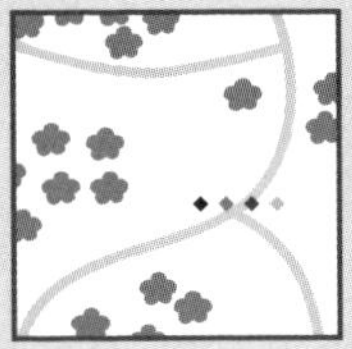

8

9

Vingt-quatre heures plus tard. Les rôles étaient inversés. De spectateurs, Cora, Jenn, Eliot et Théo passèrent au rôle d'acteurs : **GLADIATORS** versus **DREAMLAND** !

Folie totale dans la salle ! Ils avaient eu deux jours pour définir leur stratégie et ils s'enfermèrent dans leur bulle, comme si rien de tout ça n'existait pour de vrai.

— Faites comme si on jouait dans nos chambres ! avait répété Théo avant de grimper sur scène pour serrer la main de leurs adversaires.

Le meilleur en trois manches gagnantes serait qualifié.

Environnement : saison 7 !

Coup d'envoi du premier round, dans :

3... 2... 1...

Les tenues de grand froid étaient de mise dès l'atterrissage. Les **GLADIATORS** s'étaient accordés pour choisir **FROSTY FLIGHT** et son climat polaire. La base de recherche arctique reconnaissable avec ses maisons et bâtiments rouges offrait beaucoup de **LOOTS** et il convenait de s'équiper en cas d'ascension du **POLAR PEAK,** point culminant de cette zone glaciaire.

L'étude du terrain était primordiale, mais la connaissance de l'adversaire était également un avantage indéniable. Surtout quand celui-ci gardait le plus souvent le même schéma tactique au fil des combats. L'équipe n'avait pas oublié de se documenter un minimum sur la mission du jour. Jenn avait même fait des petites fiches mémos la veille pour alimenter leur base d'informations. Il y avait donc fort à parier que les Dreamland étaient en ce moment même à **HAPPY HAMLET**, le petit village helvète implanté au sud-est de leur position. Les soldats ennemis avaient pris la mauvaise habitude de partir du sud à trois reprises lors de leurs précédents affrontements retransmis en ligne.

ELIOT

Pfff! Je **loote** rien d'intéressant! Quelqu'un a un fusil en rab?

JENN

Tiens!

Tous **LES COFFRES** de la zone furent découverts et l'annonce de la tempête apparut sur les écrans de contrôle… 10… 9… 8… L'œil se resserra sur l'ouest, gardant Polar Peak à son sud, **TILTED TOWERS** à l'est et un minuscule bout de Pleasant

Park au nord. La destination logique fut d'opter pour **SNOBBY SHORES** et ses pavillons résidentiels. Cette campagne bénéficiait d'éléments particuliers, notamment dans le combat aérien avec l'apparition des avions X-4 Aquilon, mais Cora était certaine que l'affrontement allait se dérouler sur la terre ferme. Aucune équipe à ce niveau n'allait prendre le risque de faire des cabrioles avec un avion dans un moment aussi délicat.

Elle vérifia son chargeur et fit un saut en regardant en arrière pour inviter sa team à la suivre le long des étendues gelées.

CORA

On file au point suivant !

Ils contournèrent les étendues d'eau gelée.

THÉO

Minute, y a un **coffre** là-bas !

JENN : Et un rare dans la **tour** sur la gauche !

CORA : OK, continuez à faire vos courses, mais faites gaffe !

ELIOT : Un lance-patate... Quelqu'un en veut ?

THÉO : Pas assez précis pour moi...

ELIOT : Sûr que je ne dirais pas non à un petit lance-roquettes à la place...

Une prière presque satisfaite, puisqu'une **MONTGOLFIÈRE** amorça sa descente à proximité.

ELIOT

Mince ! Encore un lance-patate… légendaire ! Qui en veut ?

À l'arrière, l'horizon demeura dégagé. Cora en profita pour switcher entre les armes qu'elle avait ramassées, hésita avec un pistolet silencieux, mais reprit en toute logique un fusil d'assaut. Elle inspecta un cabanon au passage et constata avec satisfaction que l'endroit n'avait pas été fouillé. Elle prit donc soin de laisser les lieux en l'état… Le plan s'était décidé au **FEELING**, mais il se déroulait à merveille. Les Gladiators avaient l'intention de laisser le premier pavillon de **SNOBBY SHORES** intact pour s'engouffrer en équipe dans les deux suivants. Il ne fallait laisser aucune trace de leur passage et instaurer un climat de confiance…

Un soldat trop confiant est un soldat à terre ! songea la chef d'équipe, sûre que les Dreamland s'enhardiraient en se précipitant vers les maisons suivantes.

La cité-dortoir était en vue et le groupe se dispersa.

CORA

Théo, tu me surveilles l'arrière et tu nous dis quand ils se pointent…

THÉO

Pas de souci !

JENN

On essaierait pas de **laver** Tilted Towers plutôt ?

CORA

C'est trop grand pour les coincer…

ELIOT

Pas faux !

Eliot longea la palissade du premier pavillon et jeta un coup d'œil par une fenêtre ouverte. La voie était libre, aucun signe de présence humaine dans les parages. Il pénétra à l'intérieur du bâtiment et courut à l'étage.

ELIOT

RAS !

CORA

Toujours rien, Théo ?

THÉO

Non, non...

La maison suivante était une bâtisse d'architecte avec ses dépendances : garages et bureau. Eliot franchit l'entrée de la propriété le premier et courut vers la porte principale.

CORA

OK, je reste avec Eliot ! Jenn, tu vas dans la suivante, et Théo te rejoint avant qu'ils débarquent.

JENN

Et s'ils ne viennent pas ?

CORA

On choisira ton **plan B**, si Tilted Towers est toujours dans la prochaine **zone** ! Mais je suis sûre qu'ils vont passer par ici...

Hélas, il arrive aussi que le chasseur ignore qu'en réalité, il est le gibier !

Eliot entra tout de go et poussa bientôt un juron en tombant un genou au sol. Un **PIÈGE ÉLECTRIQUE** dissimulé au plafond venait de faire son office. Le soldat avait été foudroyé : son bouclier et ses points de vie venaient de voler en éclats. Il se traîna en boitant vers l'extérieur dans l'espoir que Cora ou Jenn puissent l'aider à se relever.

La première avait réagi en **SWITCHANT** de fusil, mais deux soldats des Dreamland l'attendaient de pied ferme et surgirent à droite et à gauche. Elle se retrouva en fâcheuse posture, prise sous leurs tirs croisés.

CORA

Théo ! Ramène-toi ! Ils sont déjà là !

JENN

Purée ! Il va me…

BAM ! BAM !

Jennifer entama une marche arrière expresse. Mais son agresseur ne lui laissa pas l'opportunité de se cacher pour se soigner.

TAC, TAC, TAC ! TAC, TAC, TAC ! Maintenant, les tirs provenaient du périmètre de Théo. Toute la team était piégée… Mauvais calculs ! Cette fois, les Dreamland n'avaient pas démarré leur périple par le sud de la map. Ils étaient arrivés par le centre et avaient eu la chance de repérer le groupe adverse en pleine progression sur les plaines gelées.

Une course contre la montre s'était donc engagée à l'insu des Gladiators.

Les Dreamland avaient infiltré l'endroit. Ils attendaient, bien au chaud, l'arrivée de leurs visiteurs et les accueillaient comme il se doit.

BAM ! BAM ! BAM !

Les affrontements durèrent quelques minutes. Eliot tomba le premier, achevé par la fille des Dreamland. Celle-ci exécuta un doublé en enchaînant avec Théo qui ne résista pas à une nouvelle rafale de fusil d'assaut légendaire.

JENN

C'est mort ! J'vais y passer dans deux secondes… ou moins ! Voilà !

Cora tomba la dernière, avec les honneurs, en emportant un adversaire avec elle. Mais cette mission était un échec et, même si elle avait la rage, elle saurait en porter la responsabilité.

CORA

OK, considérez ça comme un **tour de chauffe** ! On reste concentrés… et on refait notre retard avant de régler nos comptes…

TRY AGAIN

W N

◆ Cora

◆ Eliot

◆ Jenn

◆ Théo

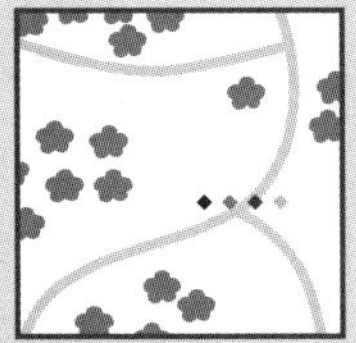

8

Score : 0-1

10

Aucun répit autorisé – Round 2 à l'affichage.

CRIS DES SUPPORTERS : Volume max !

CONSIGNE : Ne pas tourner la tête et adopter le plan de Cora…

DÉMARRAGE dans 5… 4… 3…

Jenn ouvrit son ombrelle et se posa sur le toit de la plus grande bâtisse de Loot Lake. Le choix du centre était basique, certes, mais si on savait investir les lieux, les risques étaient limités.

Elle se rua rapidement sur son premier coffre et récolta un pack de soins et un fusil standard.

Eliot était à l'intérieur du bâtiment et eut un peu plus de chance avec la rareté de son équipement, niveau **ÉPIQUE**. Cora n'eut pas non plus à se plaindre et arpentait l'îlot qui était revenu au centre du lac pour cette saison… Restait le quatrième soldat, qui n'était pas sur place !

Théo suivait scrupuleusement les instructions décidées le matin même lors du débriefing… En cas d'urgence, il faudrait mettre en avant leurs atouts respectifs. Et, lui, il aimait jouer dans l'ombre. C'est ce qu'il devint donc… une ombre pour leurs adversaires !

THÉO

J'y suis ! Cible en visuel...

Le soldat qu'il avait suivi dans sa chute ascensionnelle venait d'atterrir dans la ville de Salty Spings.

Le fantôme des Gladiators n'ouvrit pas de coffre et se contenta de ramasser ce que l'ennemi abandonnait dans son sillage. De toute façon, il n'était pas là pour faire des dégâts. Sa mission visait avant tout à renseigner son équipe le plus précisément possible. Et Théo jouait son rôle à la perfection.

THÉO

Salty, ils ratissent **le secteur**. J'en ai vu deux passer.

CORA

Bien, fais gaffe à **la tempête** quand même...

THÉO

T'inquiète, je gère !

La carte se referma sur le nord-ouest de **JUNK JONCTION** aux Haunted Hills et Pleasant Park. Les Dreamland avaient plus de distance à parcourir.

THÉO

Attention, ils partent en **duo**
ma cible, les autres sont à d
mètres sur ma gauche...

On est

ELIOT

Ouais...

Stop ! At

Le **PARACHUTAGE** d'un con
ment venait de troubler la donn
Dreamland fit un écart de traje
le cadeau tomber du ciel. La fille
débuter la construction d'un ca
l'arrivage.

Cora hésita un court instant. Soit ils atten-ıient qu'ils repartent pour prendre ce duo à **:VERS**, soit ils intervenaient avant qu'ils n'ob-ınnent ce nouvel équipement… Au même oment, la fille des Dreamland s'arrêta à côté ın buisson qui n'était en réalité qu'un **FAKE** : 'agissait d'Eliot ! Le soldat avait looté un dégui-nent « *bush* », pratique uniquement dans les ıes verdoyantes. Il n'y avait plus à réfléchir, ccasion était trop belle.

CORA

Go ! On les **dépop** !

La vengeance des Gladiators s'abattit sur la : Tac, tac, tac, Booom ! Le déluge des armes saut emplit l'air…

— Retraite ! hurla le lead adverse avant de ber.

Jenn referma **L'ÉTAU** avec Théo qui, bien que maigrement équipé, asséna également quelques tirs qui achevèrent le boulot.

L'information tomba sans crier gare : égalité !

CRIS DES SUPPORTERS : Une majorité d'entre eux étaient devenus aphones.

Aucun répit autorisé – Round 3 à l'affichage – Dernière chance.

CONSIGNE : S'étirer comme des sportifs avant l'effort. Ne pas tourner la tête vers les caméras ou le public et se préparer à leur rendre la monnaie de leur pièce avec le plan A…

DÉMARRAGE DANS 3… 2… 1… Largage des unités !

Étonnamment, le choix des Gladiators se porta à nouveau vers Frosty Flight.

L'inspection des lieux démarra, mécanique, quasi automatique : on entre, on casse, on prend, on jette, on **FARM** des matériaux au passage…

ELIOT

Encore un kit de soins, Jenn, tu **need** ?

JENN

Yes, laisse-le, j'arrive !

THÉO

Full Armor légendaire ici, prends-le Eliot, c'est toi qui seras le plus exposé !

ELIOT

Pas de refus ! Merci !

Fait exprès, l'annonce de la tempête demeura à l'ouest, comme lors de la première manche. Cora imaginait déjà les Dreamland avec un sourire au coin des lèvres...

Un soldat trop confiant est un soldat à terre! se rappela la chef d'équipe en entraînant ses coéquipiers sur la route des pavillons résidentiels de Snobby Shores.

Elle suivit Eliot qui s'élança en tête sur les plaines gelées. Leurs échanges avaient été brefs, inaudibles, à peine murmurés avant le début de cette dernière manche. L'architecte serait l'un des atouts de cet affrontement, mais ils restaient une équipe avant tout... Et pour les Gladiators, la vraie partie venait de commencer!

Théo se posta à l'abri d'un rocher. La falaise tombait dans la mer juste derrière lui. Il exécuta un **SWITCH** avec un fusil d'assaut épique et s'apprêtait à couvrir l'arrière des maisons.

Jenn se trouvait à l'opposé et trouva un point surélevé avec un angle de vue large et dégagé à une distance suffisamment éloignée pour ne pas être repérée. Elle vérifia ses munitions.

JENN

En place !

THÉO

Pareil !

CORA

OK la **team**… On leur montre qui on est ! Vas-y, Eliot !

À son signal, l'architecte du groupe commença à poser ses **PAROIS**. Le but n'était pas compliqué à comprendre. Les Dreamland avaient également répété leur première combinaison et attendaient patiemment dans les pavillons pour leur tomber dessus à nouveau. Cora entreprit d'aider Eliot pour gagner du temps.

CORA

Tout le monde reste à la maison ! Privés de sortie !

L'annonce du nouvel œil du cyclone tomba à point nommé. La tempête se déporta légèrement au centre de la map, obligeant les Dreamland à quitter leur nid et à franchir le mur de tôles qui les attendait. Un joueur commença à ériger une pente à toute vitesse pour passer par-dessus la construction qui lui masquait l'horizon. Il n'eut guère l'occasion d'aller plus loin : **BAM !** Un tir de sniper retentit et l'élimina en un coup.

Un deuxième soldat des Dreamland voulut passer de front un peu plus loin en détruisant l'obstacle à coups de pioche : Bam ! Autre tir. Jenn appréciait ce changement de poste. Elle avait toujours été efficace au fusil à lunette mais n'en faisait pas étalage d'habitude, puisque Théo assurait le poste la majeure partie du temps.

Quatre contre deux, la fin de l'affrontement était en ligne de mire. Un militaire adverse tenta une fuite par l'arrière. Il sauta par-dessus la barrière d'un jardin et démarra un **SPRINT**, mais Théo veillait au grain et le faucha en plein élan.

Tac, tac, tac ! Tac, tac, tac !

CORA

On ne lâche rien, s'il vous plaît ! Le dernier va sortir.

JENN

Pareil !

Un tir de sniper fendit l'air, suivi par un lancer de grenade d'Eliot qui acheva le travail. Les Gladiators ne laisseraient pas la victoire s'envoler, pas aujourd'hui !

YOU WIN

11

Ils l'avaient fait ! Les Dreamland se levèrent comme un seul homme pour saluer les gagnants et l'esprit sportif de la manifestation fut acclamé par la foule en délire.

Eliot, Jenn, Cora et Théo s'échangèrent des regards sans y croire. La Team Gladiators était qualifiée pour la demi-finale ! L'épreuve se déroulerait le lendemain et ils affronteraient soit la Team Élite, soit celle des **TNT**… Mais pour l'instant, ils devaient sortir de leur bulle pour reprendre contact avec le monde réel.

— On a réussi, vous êtes sûrs ? marmonna Eliot.

— Faut croire ! lui souffla Jenn en lui prenant la main pour la lever sous les cris et les applaudissements du public.

— Je m'incline, dit le joueur des Dreamland qui avait chahuté Cora, on s'est fait avoir comme des bleus… Je ne pensais pas que tu nous prendrais aussi facilement à notre propre jeu ! avoua-t-il.

— Total respect ! Bien joué ! ajouta la fille de leur équipe avant de lui faire la bise ainsi qu'aux autres.

— Faites-nous honneur en allant au bout, hein ! déclara un autre perdant.

Quelques minutes plus tard, une séance photo fut imposée par leur **SPONSOR**.

— Ça ne prendra que quelques minutes ! assura Dimitri en les guidant avec son smartphone sur l'oreille pour rendre compte des résultats de la soirée au QG de Computer-Storm.

Dans la salle, les spectateurs continuaient d'applaudir alors qu'on diffusait sur un écran géant les meilleurs moments de la soirée. On les invita à descendre de l'estrade pour passer par les coulisses. Puis, ils empruntèrent un dédale de couloirs habituellement destinés aux employés de l'hôtel. Les **GAMERS** trouvèrent l'expérience étrange et ne s'attendaient pas à ces excès d'attention.

Des journalistes professionnels du multimédia les attendaient dans une salle de réunion. Une partie des tables avait été retirée pour pouvoir prendre quelques clichés du groupe devant un décor en carton où était inscri Computer-Storm en orange fluo. On leur demanda bientôt de prendre des poses **COOL**, manette en main, un peu comme des mannequins de mode. Mais ce ne fut pas la chose la plus surprenante de la soirée puisqu'à leur sortie, certains spectateurs de la rencontre avaient retrouvé leur trace. Ils les attendaient patiemment.

— On pourrait avoir un autographe, s'il vous plaît ? demandèrent deux garçons en accostant Jennifer.

La jeune fille rougit et chercha des yeux ses camarades. Mais Cora, Théo et Eliot venaient également d'être pris d'assaut par d'autres fans.

— On est à fond derrière les Gladiators ! déclara un garçon dans l'assistance. On vient même de monter un fan-club officiel !

— Ah bon ? lâcha Eliot.

— Comment t'as trop assuré, mec, tout à l'heure ! enchérit un nouveau fan, dans les rangs qui grossissaient à vue d'œil à mesure que l'info de leur présence dans ce couloir se mettait à circuler.

Des filles gloussèrent autour de Théo, qui, intimidé, signa leurs petits papiers avant que l'assistance ne commence à scander le nom de la team : Gladiators ! Gladiators ! Gladiators en finale ! Gladiators en finale !

Pour éviter la cohue, Dimitri invita les gagnants à repasser sur scène comme des musiciens à la fin d'un concert. L'engouement auprès des quatre joueurs était encore plus grand qu'ils ne le soupçonnaient.

— Doucement ! Doucement ! tempéra le chaperon de l'équipe alors que des fans insistaient pour faire des selfies. Si ça continue comme ça, on va devoir embaucher des **GARDES DU CORPS** ! souffla-t-il, un peu dépassé.

Deux heures plus tard, la team se réfugia dans la salle d'entraînement où avaient été disputés les deux premiers tours. Dimitri était toujours occupé et ils en profitèrent pour revenir ensemble sur les trois manches jouées.

— Fiou ! On a eu chaud, ou c'est moi ? lâcha Cora.

— Pas tant que ça, répondit Théo, tu as fait les bons choix et on t'a suivie… c'est tout !

— Je crois que je n'ai jamais autant tremblé de ma vie, déclara Eliot en levant la main à plat pour leur montrer qu'il ne s'en était pas encore remis.

— Moi, je trouve qu'on a assuré grave! s'enthousiasma Jenn. J'ai adoré leur rendre la pareille en fin de match, railla-t-elle en soufflant sur le bout de ses doigts comme si elle soufflait sur le canon d'un pistolet.

— C'est clair, ils ne t'attendaient pas au poste de sniper! la félicita la jeune fille blonde dont les cheveux étaient complètement ébouriffés.

Soudain, Théo sortit son smartphone et fit défiler ses messages pour leur annoncer :

— Notre adversaire, ce sera… Élite! Ils ont mis un 2-0 à TNT. Ses sourcils se froncèrent avant de poursuivre : **OUCH!** La rencontre a duré moins de trente minutes. Ils se sont fait atomiser!

— Qu'est-ce qu'on sait de nouveau sur eux? questionna Cora.

Les Gladiators travaillaient toujours le profil de leurs adversaires pour savoir à quoi s'attendre. En général, ils partaient à la pêche aux infos à tour de rôle et, cette fois, c'était à Eliot de compléter les infos qu'on avait données à Théo.

— Pas grand-chose à vrai dire, dit-il aux autres, tout ce que j'ai pu apprendre, c'est que ces quatre types n'ont aucune spécialité…

— Ce qui peut aussi vouloir dire qu'ils sont tous capables de se débrouiller en **SOLO** ! fit remarquer Jenn.

Toujours selon Eliot, leurs futurs adversaires étaient une équipe qui s'était créée uniquement dans l'intention de participer à ce tournoi. On les décrivait comme des francs-tireurs adeptes de la chasse aux kills et très intéressés par les gains financiers du concours.

— Va falloir jouer fin, demain ! grommela Cora.

— On savait que ce ne serait pas facile, non ? rappela Théo.

— Oui, pour une première session en public, vous avez géré ! admit-elle avec un sourire encourageant.

— Ouais… en parlant de ça ! releva Eliot. Qui a ses parents qui viennent demain ?

— Y aura mon père, c'est certain ! répondit Jenn pour lui confirmer qu'il ne serait pas tout seul.

— Et le mien... normalement, ajouta Théo avant de se tourner vers Cora, et toi ?

— Je verrai ça plus tard, tiqua-t-elle, agacée. Ils n'y connaissent rien de toute façon...

La fin de soirée se déroula dans la détente. Les **GAMERS** commandèrent des pizzas et se charrièrent volontiers en mimant parfois leurs tics de jeu respectifs :

— Donnez-moi un kit de soins !

— Qui veut des parois ? En fer, en bois, en briques ! Qui veut des parois en kit ?

— Théo ? Théo ? Il est là... il est pas là !

Théo commençait à lâcher prise et ça plaisait assez à Cora et aux autres. Il imita le **LEADER** de l'équipe :

— Allez, hop ! hop ! hop ! On les fracasse ! Plus vite que ça, les gars !

— Non mais, vous exagérez, là ! J'parle pas comme ça !

— Un peu quand même ! rigola Jenn tandis qu'Eliot pleurait de rire.

Ce fut sur cette fausse dispute qu'ils décidèrent de remonter dans leurs chambres. À leur demande, Dimitri avait prévu un entraînement à 10 heures le lendemain et il faudrait assurer.

Quatre « bonne nuit ! » résonnèrent bientôt à leur étage.

Cora referma la porte de sa chambre avec le cœur léger. Théo ne quittait pas la team… Soudain, son pied se posa sur quelque chose qui traînait sur la moquette. La jeune fille blêmit et ramassa la nouvelle **ENVELOPPE** anonyme que quelqu'un avait glissée sous sa porte…

Cora envisagea de la jeter sans la lire, mais le pli n'était-il pas plus épais que le précédent… ? Encore hésitante, elle l'ouvrit pour découvrir cinq billets de cent euros. Cette fois, le mot disait :

Considère ça comme une petite avance !

À quoi rimait tout ça ? Qu'allait-elle faire de cet argent ?

Elle ne le savait pas elle-même.

12

L'enveloppe était posée bien en évidence, sur le bureau. Il était tard. Pourtant, les deux filles dans la chambre n'avaient aucune envie de dormir.

— Qu'est-ce que tu comptes faire ?

Cora avait d'abord hésité à garder la chose pour elle. Elle aurait pu faire comme si rien ne s'était produit et se dire que tout ça n'avait pas d'importance… Mais c'était mal la connaître ! De l'importance, pour elle, ça en avait beaucoup ! Oh ! pas pour la somme d'argent qu'on lui proposait, ça, c'était secondaire. Non, en fait, elle se sentait profondément blessée. Pourquoi ce corbeau l'avait-il choisie pour cible ? De quel droit l'avait-il jugée comme le maillon faible de la team ? Et comment pouvait-il penser qu'elle serait l'élément le plus facilement **CORRUPTIBLE** ? Grrr ! Pourtant, l'oiseau de malheur qui se terrait dans l'ombre du concours avait osé !

Cora avait également pensé à alerter Théo afin qu'il puisse contacter son père. Le patron de Computer-Storm saurait sans doute comment réagir. Mais la jeune fille avait peur que cette affaire sordide et la mauvaise publicité qui ne manquerait pas de l'accompagner ne la mettent sur la touche. Elle avait donc choisi l'option Jenn et venait de débarquer dans sa chambre, les larmes aux yeux.

— Remarque, si tu veux pas de l'argent… Moi, je peux lui trouver une utilité ! Nan… mais j'rigole ! reprit-elle en voyant la mine outrée de son amie.

— Tu crois qu'on en parle aux garçons ? questionna pour la seconde fois la leader des Gladiators.

— Pas maintenant, répondit Jenn, ça risquerait de mettre le bazar demain… et il n'en faudrait pas davantage pour déconcentrer Eliot ! Ça serait dommage de revenir en arrière maintenant qu'il est de nouveau au top !

— Mouais, t'as raison… N'empêche, j'ai les **NERFS** !

— J'imagine… C'est peut-être quelqu'un dans une autre équipe ? Ou un autre **SPONSOR** ? L'écriture ne te dit rien ?

— Non…

— OK, sinon, tu veux dormir dans ma chambre cette nuit ? Parce que si tu laisses ton cerveau en surchauffe, on ne fera rien de bon demain…

— T'es sûre ? Ça ne te dérange pas ?

— Ben non, puisque je te le propose ! Allez, adjugé ! Mais attention, je suis prem's à la salle de bains !

— Ça marche ! répondit Cora en se forçant à sourire pour remercier Jenn de son accueil.

C'est un fait. L'amitié se renforce avec les épreuves. Mais Cora n'avait toujours aucun indice sur l'identité de ce mystérieux corbeau… Elle relut le mot une dernière fois : « Considère ça comme une petite avance ! » L'écriture manuscrite était celle d'un adulte et seuls les points sur les i dénotaient et ressemblaient à des accents, à part ça… Elle bâilla enfin, espérant trouver le sommeil malgré le flot de sentiments contradictoires qui se bousculaient en elle.

BAM ! BAM ! BAM !

— Hé ! Jenn ! T'es prête ?

BAM ! BAM !

— Mais qu'est-ce qu'elle fiche ? répéta Eliot.

— Aucune idée ! répondit Théo. Cora ne répond pas non plus !

Jenn ouvrit un œil ensommeillé. Qu'est-ce que c'était que ce raffut ? Quelle heure était-il ? Elle se redressa d'un bond et échangea un regard affolé avec Cora qui commençait seulement à émerger.

— 9 heures ! Déjà ?

— Quoi ?

Un vent de panique secoua la chambre. Les filles se mirent à courir dans tous les sens en ponctuant la recherche de leurs affaires par des :

— Heu… oui, oui ! On arrive ! On vous rejoint en bas dans dix minutes !

Elles descendirent une demi-heure plus tard dans le hall de l'hôtel. Les garçons attendaient, plongés dans une discussion sur la meilleure **MANETTE** de jeu vidéo.

— Désolées, panne d'oreiller ! lança Cora, évasive, en leur faisant la bise sans se rendre compte de la spontanéité de son geste.

— On a sauvé des croissants du p'tit déj, ça intéresse quelqu'un ? proposa Théo pour les accueillir.

— Oh ! trop fort ! applaudit Jenn en attrapant le sachet de viennoiseries pour se diriger vers la salle de réunion réservée par Computer-Storm.

Dimitri se débattait avec les pieds d'un tableau **PAPERBOARD** dans l'entrée.

— Je ne comprends toujours pas pourquoi vous voulez ce machin ! pesta-t-il en guise d'accueil. Vous ne préféreriez pas vous entraîner normalement, avec les consoles ?

— Pas aujourd'hui, répondit Cora, on reprendra les manettes le moment venu… C'est une idée d'Eliot !

— Oui, je voudrais leur montrer quelques schémas tactiques, expliqua le garçon, comme au basket par exemple…

— Ce n'est pas pour rien qu'on appelle ça **E-SPORT** ! acquiesça Jennifer alors que Théo aidait à installer le fameux tableau dans la pièce.

Quelques minutes plus tard, Dimitri sortait prendre un café tandis que les joueurs écoutaient attentivement leur complice.

— Voilà, j'ai pensé qu'on pourrait s'inspirer d'une vieille technique romaine du temps de Jules César…

— Houlà ! T'as rien de plus récent en réserve ? grimaça Cora.

— Laisse-le terminer, sourit Théo, il m'en a parlé pendant qu'on vous attendait… et moi, je pense que ça peut le faire !

— On appelle ça « la tortue », reprit Eliot, l'idée c'est de se caparaçonner un max, que ce soit en déplacement ou en mode statique.

— Ouais, mais si on est trop statiques… c'est la mort assurée ! fit remarquer Jennifer. Imagine qu'ils lootent une masse de lance-roquettes en face ?

— C'est clair, on va finir en barbecue !

— Pas forcément, répondit Théo, tout dépend aussi du nombre de personnes dans notre carapace…

— Oui, approuva Eliot, l'idée est de garder deux angles de tir longue distance… Le premier dans la tortue, le second en extérieur…

— En clair, **LA CARAPACE** focalise l'attention de la Team Élite et Théo joue les snipers en extérieur ? déclara Cora. Ça ressemble à la technique de l'appât de l'autre jour, votre truc…

— Pas tout à fait, répliqua Théo, là, je n'interviens que si un gars joue du lance-roquettes en face ! Jenn est assez forte pour s'occuper des autres clients qui passeront dans sa ligne de mire et, en cas de corps à corps, tu seras là…, conclut-il en désignant Cora.

Jennifer rougit. C'était la première fois que Théo parlait d'elle en des termes si élogieux. Mais Cora n'était pas en reste. Son coéquipier plaçait également beaucoup de responsabilités entre ses mains. Théo avait confiance, tout simplement, et elle ressentit une impression de malaise en repensant à la proposition du corbeau.

— Ce n'est pas terminé, ajouta Eliot en montrant le dessin du carré et les parois tracées sur le paperboard pour leur schématiser son plan.

Pour que ça fonctionne, il va nous falloir beaucoup de matériaux… Donc, quand je bâtis… toi, Cora, tu farm les **COMPOS** et vice-versa si on bouge… farm – construction – farm… on doit alterner nos rôles, OK ?

— Risque minimum, on laisse l'adversaire prendre les risques en venant à nous ! appuya Théo qui semblait beaucoup apprécier le projet.

— On peut tenter…, approuva Cora avant que le groupe se penche sur d'autres options de secours.

Dimitri revint et s'invita d'autorité dans la salle de leurs débats. Il s'attendait à ce qu'on lui demande un avis sur les futures stratégies des Gladiators. Mais il n'en fut rien. Au contraire, la bande venait de décider d'aller déjeuner… sans lui !

— Mais vous comptez manger ou pas ? questionna-t-il d'un air suspect.

— Désolée, dit Jennifer, on a encore besoin de parler, tous les quatre ! J'ai pensé qu'un pique-nique serait parfait... On a tous besoin de prendre l'air !

— Vous inquiétez pas, on sera rentrés dans les temps et vous n'aurez pas de problème avec mon père, si c'est ce qui vous tracasse..., précisa Théo avec un soupir.

— Très bien, se résigna leur chaperon, j'imagine qu'on a le droit à des privilèges supplémentaires pour évacuer le stress ! De toute façon, j'ai moi-même des choses à faire et je dois installer votre matériel pour ce soir... Mais gardez vos portables à portée de main, d'accord ?

Le groupe approuva et Dimitri s'éclipsa en leur jetant un regard étrangement suspicieux. Cora sentit à nouveau la confusion s'installer dans son esprit. Elle commençait à douter de tout et ses préoccupations risquaient de mettre en péril sa concentration. Elle changea d'avis et jugea qu'il valait mieux parler aux garçons. Jennifer l'encouragea d'un regard bienveillant.

— Je dois vous dire un truc, souffla-t-elle résignée, mais je préfère attendre qu'on soit à l'extérieur…

13

La saison était propice et la météo du jour idéale pour ce pique-nique. Les quatre gamers avaient dégoté des sandwichs et des boissons. Puis ils s'étaient installés dans l'herbe dans un parc fréquenté, notamment pour les balades à vélo.

Toutefois, plusieurs détails clochaient au programme du déjeuner puisque personne n'avait terminé son repas. Un **SILENCE MORTEL** dominait même la scène. Cora gardait les yeux baissés comme un coupable attendant une sentence. Contrairement à son habitude, elle s'était excusée mille fois en leur expliquant qu'on cherchait à acheter leur défaite par son intermédiaire. La jeune fille ne parvenait pas à expliquer le *pourquoi du comment*, ou même du *qui*, et ses coéquipiers l'avaient écoutée en pensant d'abord à une mauvaise blague…

— Diviser pour mieux régner, marmonna Eliot après quelques minutes, classique… On cherche à nous déstabiliser !

— Même si ça ne fonctionne pas, fit remarquer Théo, ça laisse des traces… Qu'est-ce que tu comptes faire ?

— Ben, c'est pour avoir votre avis que j'ai préféré vous en parler à tous les deux malgré le match de ce soir, confia Cora.

— Ah, parce que t'étais au courant, toi aussi ? demanda Eliot à Jenn.

— Seulement depuis hier, répondit celle-ci, un peu sur la défensive.

— Je ne sais pas si c'est nécessaire d'en parler à nos parents, reprit Cora, ça va les inquiéter et ils vont probablement nous demander d'abandonner…

— Pour moi, c'est carrément sûr, grinça Eliot, je peux dire au revoir à la **FINALE** si mes parents découvrent un truc pareil !

— Mais peut-être que si tu en touchais deux mots à ton père... ? se hasarda Jenn en interrogeant Théo.

— Non !

La réponse du garçon fut plutôt sèche et la réaction surprise de ses camarades l'obligea à leur fournir un début d'explication.

— À partir du moment où ça peut nuire à Computer-Storm, il ne fera rien… Pff! Cette société, c'est son bébé, comme il dit… Donc, *no way!* Oubliez!

— Très bien, je comprends, répondit Cora, le mieux est de faire comme si de rien n'était. On avisera plus tard si ça bouge…

— Tu ne veux pas savoir qui est derrière ce machin ? questionna Eliot.

— Si, bien entendu, mais je ne veux pas lui donner ce qu'il cherche… Je préfère me focaliser sur la demi-finale !

— La gagner sera le meilleur message qu'on pourra envoyer à ce corbeau de malheur ! approuva Jennifer.

— La team elite va rien laisser filer ! rétorqua son voisin.

— De toute manière, on n'y va pas pour **CHILLER** in-game ! conclut Théo. En plus, on aura suffisamment à gérer avec le public, les parents, les fans et tout le reste… Alors, je propose qu'on fasse autre chose ! On doit rentrer vers 16 heures, c'est ça ?

— Ouais…

— Un basket, ça tente quelqu'un ? Y a des joueurs, là-bas, sur le terrain ! On leur propose un trois contre trois ? On pourra permuter, comme ça…

— Ça marche ! répondit Jenn pour rebondir sur cette note moins négative.

La première partie de l'après-midi s'écoula ainsi, sur un terrain de sport où les stratégies n'étaient pas en reste…

Cora couvrait les arrières d'Eliot. Elle fit écran contre un joueur adverse et Théo en profita pour se **DÉMARQUER**.

— Oups ! railla Jenn sur le banc. Dis donc, j'espère que tu retrouveras la vue avant ce soir !

— Pfff ! Très drôle ! se renfrogna légèrement son coéquipier après son *layup* manqué.

Mais l'esprit de groupe de la Team Gladiators revint de lui-même lorsque Jenn, de retour en jeu à la place d'Eliot, fut renversée involontairement par un joueur.

— Ça va ? Tu n'as rien ? se précipitèrent ses trois amis à la rescousse pour l'aider à se relever.

— Heu… non, ça va ! sourit Jenn. Je ne suis pas en sucre, vous savez ?

Ce match amical se termina sur une défaite. Mais peu importait, ils avaient passé du temps ensemble autrement qu'avec un **PADDLE** en main et ça, c'était bien…

— Merci encore, les gars ! remercia Théo en

saluant ceux qui avaient accepté de jouer avec eux pour le fun. Il se retourna pour rattraper le groupe déjà en route pour l'hôtel et la réalité du moment le frappa. Un voile sombre se posa sur son visage… Il avait presque oublié. Son père venait ce soir… Le garçon glissa son casque audio sur ses oreilles pour écouter sa musique sans plus parler.

De retour à l'hôtel, Eliot fut le premier saisi par l'accueil qui lui fut réservé… Ses parents l'attendaient déjà dans le hall. Il y avait également son grand frère, Corentin. Mais c'était surtout la présence de son père qui le décontenança.

— Il ne te le dira pas, lui chuchota sa mère en l'embrassant, mais ton père est fier de toi…

— J'ai regardé votre dernier match à la télé, déclara son frère, t'as assuré, mais tu dois rien lâcher, hein !

Maladroit, son père se contenta de lui passer une main dans les cheveux comme on caresse la crinière d'un poney, puis il déclara, en toisant le groupe de **GAMERS** pour une inspection en règle :

— Tes « amis » vont bien ?

— Oui, merci, monsieur, répondit Jenn avant d'ajouter : Bon, je remonte prendre une douche et on se retrouve dans le hall tout à l'heure.

— Oui, tout pareil, s'éclipsa Cora en laissant les garçons discuter des modalités de la soirée avec Corentin et, en arrière-plan, les parents d'Eliot qui faisaient de leur mieux pour y comprendre quelque chose.

— Mes parents viennent tous les deux, lâcha Jenn dans l'ascenseur, une première… J'avoue que ça me fait un peu flipper. J'espère qu'ils vont pas se prendre la tête en live.

— J'imagine, soupira Cora. Moi, j'ai dit à mes parents que ça ne valait pas le coup de venir. Ma mère avait une soirée « je-sais-plus-quoi », de toute façon… Et comme elle veut qu'on soit autonomes, c'est réglé.

— Dur, non ?

— Bof, on s'y fait ! dit Cora à l'annonce de leur étage.

Jennifer attendit que son amie ouvre la porte de sa chambre pour s'assurer que le corbeau n'avait pas glissé un nouveau message sous sa porte.

— On va lui montrer à quel point il se plante, pas vrai ? s'exclama-t-elle en apprenant qu'il n'y avait rien. En route pour la **FINALE**… C'est ce soir !

— Check ! Je compte sur toi pour être au top, ma vieille !

— Et moi sur toi pour secouer les garçons s'ils se mettent à planer ! railla Jennifer en regagnant sa chambre.

Cora lui répondit par un sourire de façade. Mais intérieurement, son inquiétude s'apprêtait à déferler comme une vague de lave.

De son côté, Théo assistait aux échanges entre Eliot et sa famille avec un certain amusement, lorsqu'un employé de l'hôtel s'approcha pour lui glisser à l'oreille :

— Monsieur votre père vous attend dans le salon Magenta. Il souhaite s'entretenir avec vous.

Le garçon hocha la tête et s'éclipsa discrètement.

Son père se tenait debout devant une fenêtre d'un salon réservé aux réunions privées et aux séminaires de différentes sociétés. Il était tiré à quatre épingles dans un costume de marque, comme à son habitude, et avait en main son smartphone sur lequel il tapait un message avec une rapidité déconcertante. L'homme leva à peine la tête pour accueillir son fils d'un air entendu :

— Ah ! te voilà ! J'avais dix minutes, et je me suis dit que ce serait bien de se voir avant ce soir, histoire que tu me présentes à…

Théo l'interrompit en jetant une enveloppe sur l'une des tables devant lui. Il avait eu l'occasion de réfléchir après le match de basket et avait finalement proposé à Cora de récupérer les billets du corbeau en lui précisant qu'il voulait vérifier une **HYPOTHÈSE**. Aussi, il questionna d'un ton vif :

— Tu peux m'expliquer pourquoi tu testes l'honnêteté de mes amies ?

La mère de Jenn l'avait attendue dans sa chambre et la chaperonnerait depuis, à son grand désarroi :

— Tiens-toi droite, c'est filmé, répéta-t-elle, et si tu le vois, n'oublie pas de dire à ton père que tu viens chez moi après la compétition…

— Oui, oui, maman... on verra…

— Comment ça, on verra ? s'indigna sa mère sur ses talons.

Cora l'attendait et lui sauva la mise :

— Dépêche ! On va être à la bourre !

Les deux filles rejoignirent ensemble les coulisses de la compétition, prêtes à entrer dans la lumière avec les garçons. Théo et Eliot étaient là. La team Gladiators se rassembla et ses membres se collèrent front contre front comme pour communier. La **DEMI-FINALE** les attendait.

W N

Cora

Eliot

Jenn

Théo

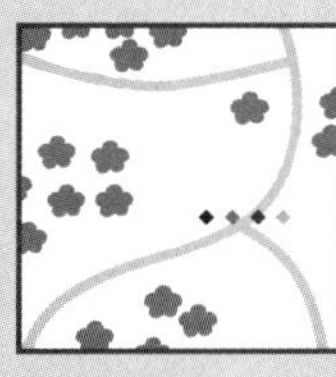

8

14

20 h 30. Les emplacements des deux équipes avaient été modifiés et ils avaient été installés sur le même rang, espacés par un podium sur lequel trônait une coupe en argent. Aucun des joueurs ne s'en était approché, par pure superstition. L'ambiance était des plus tendues. Les joueurs s'installèrent dans leurs fauteuils respectifs sans échanger un mot. Bienvenue dans Gladiators *versus* Élite !

La salle était bondée. Les spectateurs s'entassaient même dans les allées. La première manche allait démarrer, et un silence s'abattit brusquement dans l'endroit, le temps de découvrir quelle saison allait s'afficher… La première ! Woaah ! Un incroyable retour aux sources ! Les cris reprirent de plus belle pour se transformer en un brouhaha ininterrompu, chacun se rappelant à sa manière ses premiers pas dans le jeu à ses origines.

PREMIÈRE MANCHE, dans : 3… 2… 1…

Théo fut le seul à se poser dans les marécages de **MOISTY MIRE**. Il commença à ratisser la zone en essayant de perdre le moins de temps possible. Pendant ce temps, le reste de la team prenait ses quartiers dans la prison au nord de sa position. L'endroit avait des allures de place forte sur le déclin, abandonnée après un saccage en règle de ses occupants. L'une des quatre tours était d'ailleurs écroulée, ainsi qu'un mur d'enceinte.

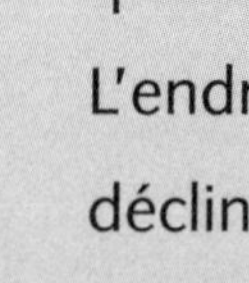

THÉO

J'arrive sur **zone** dans 3 minutes max !

CORA

OK! Jenn, tu inspectes les tours de garde est, je prends les autres. Eliot, tu continues **inside**. On sécurise l'accès. Profites-en pour **farm** quand tu seras équipé.

ELIOT

C'est déjà en cours. Je vous ai laissé un coffre au premier étage et il y a un violet dans les **cellules** si tu veux, Jenn...

JENN

Ça marche ! Merci !

Théo évita de construire pour signaler leur présence. Il longea l'est du bâtiment et passa devant les façades nord pour poursuivre sa route vers une tour de guet indépendante et légèrement excentrée. Il avait eu la chance de **LOOTER** un fusil à lunette en plein centre des marais, au pied d'un gros arbre. Tout se déroulait parfaitement dans ce cas de figure, comme ils l'avaient imaginé parmi la large gamme des scénarios envisageables.

THÉO

Personne en vue. Apparemment, ils ne sont pas dans le coin...

CORA

Ils ont plongé plus au nord, mais ça ne veut pas dire que...

JENN

Pfff ! La loose !

CORA

!? Il se passe quoi !?

JENN

Nan, c'est rien ! Je **loote** que des bandages... Même pas un boubou, ni un pack de soins, et en prime que du vert !

ELIOT

T'as ramassé **l'épique** ou pas ?

JENN

Ouais, mais c'est un assaut à lunette… J'aime pas des masses…

CORA

Faudra faire avec ! Allez, on reste concentrés… OK, la tempête se resserre sur la partie nord, tout le monde bouge !

THÉO

Grand classique… Ça sent le final sur **Dusty Depot** !

CORA

Je pense aussi… Eliot, t'as le stock de **compos** ?

ELIOT

Yes, si vous amenez votre part, ça devrait le faire !

CORA

OK, on y va à l'économie jusqu'aux hangars et, là-bas, on passe en **tortue** comme prévu...

JENN

ATTENDEZ ! Je viens de prendre une rafale !

La soigneuse de l'équipe se mit à sautiller désespérément jusqu'à un transformateur électrique installé à flanc de colline.

CORA

T'as vu où il était ?

JENN

Nan, ça s'est passé trop vite… c'était sur ma gauche, mais j'ai grave flippé !

THÉO

Tu veux que je m'avance pour voir ?

CORA

Non, on reste sur le plan… on trace vers les **hangars** ! Jenn ? Je te couvre… on y va !

JENN

OK, j'y go !

Les filles s'élancèrent sur la plaine en tandem mais, curieusement, elles n'eurent pas à essuyer de nouveaux tirs.

THÉO

Gaffe ! Y a du mouvement sur **Retail Row** à droite !

ELIOT

Ils vont arriver avant nous… Ça pue **l'embuscade** dans les hangars !

CORA

… Restez **focus**, les gars !

L'œil du cyclone se resserra sur leur zone et confirma les prévisions de Théo par la même occasion. La bataille finale se déroulerait dans les trois hangars alignés de Dusty Depot. Toutefois, ils allaient devoir faire plusieurs paris… Devaient-ils prendre le risque d'inspecter chacun d'entre eux ? D'autant qu'avec leurs engins et leurs marchandises abandonnées, ces endroits pouvaient se transformer en **TERMINUS** mortels. Et sur lequel des trois hangars l'œil allait-il finir sa chute ?

La leader des Gladiators trancha dans la foulée et ils stoppèrent dès le premier mur.

CORA

Ici ! Sur l'avant ! Magnez-vous !

Théo était resté en électron libre comme il aimait le faire. Mais il n'eut pas le temps de les alerter qu'une première rafale entreprit de mettre à mal les constructions de leur architecte en chef. Eliot ravala un juron. Il devrait se débrouiller puisque, à l'oreille, le fantôme des Gladiators était également repéré. Théo avait déjà du mal avec deux adversaires. Le projet **TORTUE** était en péril, et il fallut improviser au milieu de l'énervement général.

THÉO

C'est quoi, ce délire ? Je **shoote** le type à dix mètres et il prend zéro dégât !

CORA

Jenn ! Planque-toi ! Ils se ramènent en face ! J'en vois deux !

JENN

Attends trente secondes, j'peux pas être au four et au moulin ! Mets plutôt de la **tôle**, Eliot, on n'a plus le temps !

ELIOT

C'est bon, c'est bon, je gère ! Stop la panique ! Grimpez ! Pour info, y a une porte pour partir dans le bâtiment si on doit filer...

CORA

Bien pensé... Allez, calmez-vous, on va les gérer !

La tortue n'en avait pas l'aspect. Mais la team commença à prendre ses quartiers petit à petit sans avoir à subir de rafales ennemies. Toutefois, un problème urgent demeurait. Théo jouait toujours au chat et à la souris avec deux soldats d'Élite. Ces derniers le traquaient comme un animal et il ratait tous ses tirs de riposte.

CORA

Bon, rejoins-nous ! On va tenter de garder le **bloc** !

THÉO

Pfff ! J'aimerais bien ! Mais ils n'attendent que ça !

À présent, Cora avait accès au toit du premier hangar, et elle s'aventura à son extrémité pour examiner au mieux la situation. L'ennemi demeurait scindé en deux pools et n'avait bâti aucun bunker. Comble de tout, la chance choisissait définitivement son camp par le biais de deux **BALLONS** qui amorçaient leur descente près des positions ennemies. Leurs caisses d'armements seraient forcément de qualité, puisqu'elles étaient généralement dotées d'un objet légendaire au minimum.

Soudain, l'entreprise de la meneuse des Gladiators fut sanctionnée par un tir qui lui coûta les trois quarts du bouclier dont elle s'était équipée au sein du pénitencier. L'éclaireuse fut contrainte d'opérer une marche arrière en quatrième vitesse.

L'ennemi commença en effet à taper à leur porte avec d'un duo de lance-roquettes. L'édifice, très précaire, se mit à trembler et le premier joueur des Gladiators tomba à terre dans le même temps, bien qu'il ne se trouvât pas sur place : **BAM ! BAM !** Deux nouvelles détonations retentirent.

THÉO

J'suis cuit !

Jennifer avait anticipé cette possibilité et prit l'initiative d'emprunter le passage du hangar pour se détacher provisoirement de l'action. Elle se faufila entre des piles de cartons avec l'intention de secourir son allié au plus vite. Mais c'était sans tenir compte des autres paramètres, comme la possibilité de tomber nez à nez avec un soldat ennemi !

Jenn **SWITCHA** à toute vitesse pour un fusil à pompe et un affrontement, quasi au corps-à-corps, s'engagea : Bam ! Bam ! Bam !

Le stress dévora la team Gladiators. Les tirs de Jenn ne firent qu'égratigner sa cible et, en retour, elle essuya trois salves avant de s'écrouler (et de lâcher sa manette, rageuse).

JENN

Nan mais, c'est pas possible d'être aussi nulle !

Cora et Eliot avaient trop à faire de leur côté pour lui reprocher son audace. Le constat ne tarda pas. Cette première manche serait perdue. Toutefois, ce n'était pas tant la perspective d'une défaite qui accablait les joueurs que leur totale inefficacité à inquiéter au moins un peu leurs ennemis.

ELIOT

Foutu pour moi aussi ! J'étais pourtant persuadé d'avoir placé une **head**...

Cora résista encore une poignée de minutes et profita du report de la tempête vers le second hangar pour fuir. Mais un adversaire interrompit sa manœuvre alors qu'elle tentait de se dissimuler sur un rail destiné au transport de marchandises : **SHUTDOWN** ! Victoire officielle de la team Élite !

Quinze minutes de pause avant la revanche. Le temps de se dégourdir les bras et de boire un peu d'eau, et peut-être d'échanger quelques mots, hors micro.

15

20 h 45. La discussion entre joueurs fut brève. Pas question pour les Gladiators de poser les yeux sur le public, malgré les cris d'encouragements qui redoublaient, de peur surtout de croiser le regard déçu d'un proche. Cora glissa quelques mots à ses coéquipiers pour les inviter à garder le moral. Ce n'était pas la première fois que la team se trouvait au pied du mur. Mais Théo demeurait le plus contrarié. Il était convaincu d'avoir eu des soucis de **CONNEXION**. C'était à ses yeux la seule réponse à sa défaillance lors des duels engagés avec ses adversaires.

De leur côté, ces joueurs, plus âgés, paraissaient totalement indifférents au résultat de cette première manche. Ils agissaient comme si la victoire leur était acquise quoi qu'il advienne et faisaient peu de cas du matériel à leur disposition. En ce sens, la finale était pour eux une évidence. Mais un membre d'Élite lança un **TROLL** aux Gladiators pour s'assurer d'enfoncer le clou et d'achever toute forme d'espoir. Il les interpella d'une voix criarde, couvrant le show des deux présentateurs survitaminés qui continuaient de haranguer les spectateurs :

— Va falloir penser à rentrer, les mômes, demain, c'est jour d'école !

L'homme à la barbe de père Noël et au ventre qui lui encombrait les cuisses se fit siffler copieusement. Le mal était fait. La team Élite était hilare, tandis qu'à l'inverse, les Gladiators gardaient des visages fermés, les sourcils froncés.

W N

- Cora
- Eliot
- Jenn
- Théo

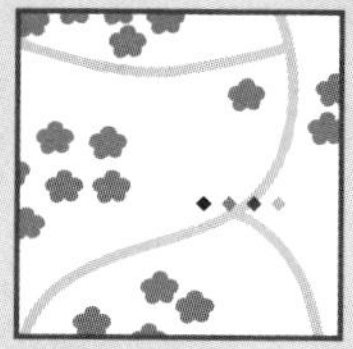

8

Score 0-1

16

Dernière gorgée d'eau. Nouvelle annonce des présentateurs.

On invita les derniers joueurs à se rasseoir le cas échéant. La deuxième manche était en approche, et l'un des présentateurs scanda au micro :

— *Are you reeeeeeeady ?*

Réponse de la foule en délire.

3… 2… 1… La sonnerie retentit, signal pour les Gladiators d'engager leur dernière carte. Deuxième manche.

Nouvelle stratégie et nouveaux objectifs, Cora avait proposé de scinder le groupe en deux équipes – filles/garçons. Elle se posa au milieu des deux chalets de montagne situés à Lonely Lodge. Mais Jenn passa d'abord par l'une des deux plus hautes tours de la **MAP** située à proximité. Elle abritait souvent deux ou trois coffres pour les plus chanceux.

JENN

Deux armes d'assaut,
t'en veux une ?

CORA

Non, j'ai ce qu'il faut par ici !
Je t'attends dans le grand chalet.
Je t'ai laissé le petit à vider.

JENN

D'acc !

CORA

Et le **ratissage** de Wailing Woods ?

ELIOT

RAS

THÉO

C'est pas la folie, mais on s'en sort...

ELIOT

Heu... à ce rythme de farm, on risque tout de même d'imiter le désastre de la forêt amazonienne...

CORA

Prévenez-nous quand vous partez sur Tomato...

ELIOT

Yes... On ne va plus tarder !

Les fouilles des lieux furent accomplies avec un maximum de précautions et autant d'application. Les équipements militaires pleuvaient, et un **BALLON** eut même la bonne idée d'annoncer sa descente à proximité.

THÉO

On couvre l'atterrissage !

La caisse fut ouverte, accompagnée de son **TINTAMARRE** caractéristique.

ELIOT

Ho ! Ho ! Pour qui, le lance-roquettes légendaire ? Pour bibi !

Mais à l'orée de la ville de **TOMATO** et sa tomate géante sur l'un des restaurants de l'endroit, les filles ne furent pas en reste.

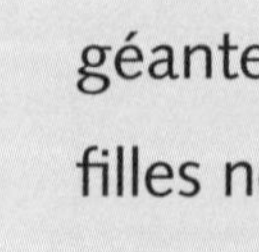

JENN

Et qui a **looté** un sniper légendaire dans le sous-sol du restau ? C'est moi !

L'annonce de la tempête corrigea ces brefs excès d'enthousiasme.

CORA

C'est pas vrai ! Si je connaissais celui ou celle qui a dit un jour que la chance finit toujours par tourner, je lui montrerais la **map**...

JENN

Ah ouais, quand même ! Ça fait une trotte à traverser !

Aïe ! La team se trouvait dans une zone située au nord-est, alors que la tempête venait de se resserrer à l'opposé au sud-ouest, vers des zones rocheuses non habitées au nord de Greasy Grove. Mais les ennuis n'attendraient pas jusque-là... Jennifer fut la première à remarquer qu'une partie de **TOMATO TOWN** avait déjà été fouillée.

JENN

Gaffe, les gens, y a du monde !

THÉO

Vu ! Y en a un qui galope à huit heures…

ELIOT

Vu aussi !

CORA

On évite **le fight** tant qu'on ne sait pas où sont les autres !

THÉO

T'es sûre ?

CORA

Vaut mieux jouer la prudence…

JENN

Je pense aussi…

L'odeur de la poudre et le bruit des chargeurs attendraient un moment. Enfin, c'est ce qu'ils croyaient ! Jenn s'engagea dans un pavillon avec l'espoir de trouver un nouveau coffre au passage. Il n'en fut rien. L'inspection du sous-sol fut l'occasion d'un face-à-face inattendu. Elle poussa un juron et les cartouches de son fusil d'assaut défilèrent.

JENN

Mais…

La joueuse tomba presque aussi sec. Son adversaire était **MID-LIFE**, mais il préféra filer à l'arrivée de Cora sans savoir si elle était seule ou pas.

CORA

C'est bon ! C'est bon !
Je vais pouvoir te **rez** !

ELIOT

Ils vont rappliquer, faut bouger! Sinon, on va se retrouver coincés, avec la tempête en prime!

CORA

Oui, oui, restez **packés**! On arrive!

Jennifer vida son stock de bandages pour se soigner. Elle ne disait pas un mot, luttant intérieurement pour demeurer concentrée et ne pas se laisser affecter par ce duel perdu.

THÉO

Il faut changer de **cap**, ils s'attendent à nous voir débarquer et vont nous allumer dès qu'on sera dans leur champ de vision...

CORA

Oui, on repique vers le bas! On se rabattra sur zone après!

ELIOT

Ça va être short !

CORA

Raison de plus pour pas traîner !

Les Gladiators tentèrent de retrouver un semblant de réorganisation. Mais leur cohésion était fragile, et une salve de tirs la mit encore plus à mal : **TAC ! TAC ! TAC !**

THÉO

Ils nous ont pris en chasse !

Eliot se tourna pour construire plusieurs parois verticales à la hâte. Elles ne tardèrent pas à voler en éclats. L'ennemi continuait d'approcher. Le feu des armes était nourri, et chacun s'abritait comme il pouvait pour riposter. Jennifer et Cora s'étaient réfugiées derrière un autre de ces transformateurs électriques qu'on croisait un peu partout sur la **MAP**.

Théo venait d'être pris pour cible principale et tomba le premier, avec les honneurs du combat. Juste après, les constructions d'Eliot devinrent inutiles. Il fut défait à son tour, avant de se voir avalé par le rideau de tempête qui continuait sa route avec une précision millimétrée.

Les soldats de la team Élite se regroupèrent pour cerner les deux rescapées. Cora et Jenn livrèrent un combat acharné, mais sans espoir. Le résultat ne laissait aucune place au suspense. Le glas de la défaite commença à faire grincer les mâchoires. Jenn fut la première à s'écrouler et, provocation ultime de leurs ennemis, Cora fut éliminée par un coup de pioche.

Victoire implacable de la team Élite, deux manches à zéro.

Les Gladiators étaient éliminés de la compétition.

GAME OVER

17

La tradition voulait que les gagnants serrent la main aux perdants avant de saluer le public. Mais les joueurs d'Élite n'en prirent pas la peine, un geste de dédain qui déclencha quelques sifflets lorsqu'ils quittèrent la scène pour rejoindre le banc des journalistes qui attendaient pour les interviewer.

Dans la salle, les spectateurs étaient plongés dans des échanges animés. La majorité regrettait de ne pas avoir vu plus de jeu et surtout d'enjeu dans cette rencontre. Eliot remarqua enfin ses parents. Sa mère prodiguait de petits signes pour lui dire de tenir le coup, et même son père lui adressa un sourire encourageant pour lui faire comprendre qu'il n'y avait rien à regretter. Le joueur se tourna vers les autres et ils osèrent enfin croiser leurs regards… Jenn avait les yeux brillants mais ne pleurait pas, Théo se passa une main dans les cheveux d'un air embarrassé et Cora luttait pour ne pas chanceler et rester droite. Tout cela, Eliot le vit en une fraction de seconde. Alors, il s'avança vers ses amis et écarta les bras pour les inviter à se joindre à lui dans une sorte de cercle où ils s'attrapèrent les uns les autres, après un signe de tête de Cora qui validait l'initiative.

— Je suis fière de vous, finit-elle par lâcher d'une voix hésitante, on a tout de même atteint les demies, ce n'est pas rien !

— J'aurais dû…, hésita Théo, enfin, j'ai rien compris… sorry !

— On a tout donné, répliqua Jennifer, c'est pas plus ta faute que la mienne… Aujourd'hui, ils étaient plus forts, c'est tout.

— Ils ont surtout eu plus de chance, dit Eliot.

— Aussi… Peut-être…, souffla Cora.

— En tout cas, le corbeau n'a pas eu ce qu'il voulait avec toi…, souligna Jenn.

— On a quand même perdu!

— En se battant comme des fauves! conclut Théo pour tenter de l'alléger de ce poids supplémentaire.

Ils s'accordèrent un dernier instant ensemble et seuls au monde à la fois. Puis ils s'en allèrent saluer le public, s'apprêtant eux aussi à affronter les questions des journalistes.

— Dimitri est passé où? demanda Eliot à Jennifer en descendant de la scène.

— J'imagine qu'il est déjà parti, répondit-elle, il doit être soulagé, sa **MISSION** avec nous est terminée...

— Ouais… Les rats quittent le navire, quoi…

La soirée s'annonçait longue, interminable. Le sommeil aurait pu être un remède provisoire à la peine des joueurs, mais aucun d'eux ne parviendrait à dormir. Ils s'étaient séparés pour préparer leur départ du lendemain matin.

Eliot avait passé une bonne heure à rassurer ses parents. Mais sa famille se préparait à repartir.

— Je viendrai te chercher à 8 heures, déclara son père.

— OK.

— Ça reste une belle expérience, lui chuchota sa mère en l'embrassant pour l'aider à positiver.

Côté Jenn, ses parents étaient toujours là. Elle était bloquée dans le hall avec son père qui lui repassait en boucle plusieurs moments clés du dernier match. Elle l'écoutait d'une oreille distraite, tandis que sa mère était montée dans sa chambre pour faire sa valise.

— Si tu avais fait ceci… Si Eliot avait fait cela…

— Ouais, ouais…, répondit-elle, évasive, avant de froncer le regard en apercevant Théo qui retournait sur les lieux de leur défaite en suivant son père.

Les parents de Cora passeraient aussi le lendemain pour la prendre en fin de matinée. Et, une fois ce point réglé, elle s'était enfermée dans sa chambre. Elle avait fini par craquer, et ses larmes avaient accompagné l'eau d'une douche brûlante. Ensuite, elle s'était pelotonnée en boule sur son lit. La **LEADER** des Gladiators n'était pas tant accablée par la défaite que par l'idée que cette première participation à un tournoi de cette envergure serait aussi la dernière pour son équipe. Ce ne serait pas la première fois qu'une team d'e-sport disparaissait des radars du jour au lendemain. Sauf que dans son cas, ses coéquipiers étaient aussi devenus ses amis. Et, en peu de temps, ils avaient pris bien plus d'importance dans sa vie qu'elle ne l'aurait soupçonné.

La salle où s'était déroulée la compétition était vide à présent. Des employés de l'hôtel s'apprêtaient à tout nettoyer, mais le père de Théo venait de les congédier à l'instant. Il referma l'une des doubles portes derrière eux. Puis il se tourna vers son fils et retira sa veste de costume, l'abandonna sur une chaise, pour remonter les manches de sa chemise blanche.

— On va tirer ça au clair ! déclara-t-il. Allume les machines de ton côté. Je me charge de celles des Élite…

— D'accord, souffla Théo, mais… tu sais… je me trompe peut-être…

— Tout ça n'est pas un hasard ! répondit son père, catégorique. Appelle ça de l'instinct, comme tu veux, de toute façon, on en aura le cœur net en vérifiant…

Théo acquiesça. Il était resté sur un sentiment d'injustice après la rencontre de ce soir, sans parvenir à en définir la raison. Ça, plus l'histoire du corbeau sur laquelle son père s'était empressé d'enquêter après leurs échanges tendus un peu plus tôt dans l'après-midi… effectivement, ça faisait beaucoup de **COÏNCIDENCES** !

Les serveurs étaient déconnectés, mais c'est vers les paramètres des différentes consoles que Théo et son père commencèrent leurs vérifications…

Le verdict ne tarda pas à tomber. Les parties disputées sur console bénéficiaient d'un atout supplémentaire pour les joueurs. Il s'agissait d'un dispositif nommé « **AIDE À LA VISÉE** » qui permettait de régler au mieux la sensibilité des joysticks et autorisait un temps de réaction amélioré lors des affrontements. Or, cet élément avait été désactivé sur les consoles utilisées par la team Gladiators.

— Je comprends mieux pourquoi je tirais toujours à côté, grinça Théo, contrarié.

Son père lui posa la main sur l'épaule pour l'engager à se calmer.

— On va régler ça tout de suite, dit-il en s'emparant de son téléphone pour appeler des renforts.

— Merci ! répondit Théo, visiblement soulagé.

Son père retira brièvement son smartphone de l'oreille pour lui confier :

— Je sais que je ne suis pas le père parfait, mais tu peux toujours compter sur moi… OK ?

— Heu… oui, OK ! répéta Théo, peu habitué à cette soudaine démonstration paternelle.

Maintenant, il restait à attendre la nouvelle officielle avant d'alerter ses amis. Est-ce qu'ils seraient toujours **DISQUALIFIÉS** ? Ou devraient-ils rejouer la partie contre Élite ? Quelqu'un avait finalement réussi à trafiquer le match, restait à trouver qui et pourquoi… Mais son père et lui avaient déjà une petite idée sur le sujet !

18

Trois heures du matin. La porte de la chambre de Cora menaça de céder sous une deuxième volée de coups. La jeune fille se redressa dans son lit, s'emparant de son oreiller comme d'un bouclier. Un frisson la parcourut, suite au réveil trop brusque.

— C'est quoi, cet hôtel ? grogna-t-elle en réalisant enfin que quelqu'un frappait à sa porte comme un sourd.

Cora s'était endormie en jogging. Elle saisit son téléphone et constata qu'elle avait reçu dix-sept appels en absence de… Théo ? Vite, elle se glissa sur la pointe des pieds dans le petit couloir qui départageait sa chambre de l'entrée et se risqua à regarder par l'œil-de-bœuf.

— Cora ? Ouvre ! insista Théo.

Le garçon ne tenait pas en place. De mémoire, Cora ne l'avait jamais vu comme ça… Son co-équipier était littéralement surexcité. Son comportement attisa sa curiosité et, sitôt sa porte déverrouillée, le garçon bondit dans sa chambre pour lui annoncer la nouvelle :

— Tu vas pas le croire ! On l'a fait !

— Qu'est-ce qui t'arrive ? Ça va pas la tête ? Fait quoi ?

— On est en **FINALE** !

— Hein ?

Théo lui attrapa les mains pour les serrer dans les siennes.

— La team Élite vient d'être disqualifiée ! On est en finale !

— Disqualifiée ? Qu'est-ce que tu racon…

Cora dévisagea Théo sans comprendre. Est-ce

qu'il avait reçu un coup sur la tête? En réponse, le garçon la serra dans ses bras. Ce geste d'affection inattendu acheva de la plonger dans la plus totale perplexité.

— Ils ont triché! expliqua enfin Théo. Ils ont modifié les paramètres de nos machines pour nous retirer l'aide à la visée… On a aussi découvert que la manette d'Eliot avait été trafiquée au niveau des **JOYSTICKS**. Bref, la ligue a été alertée par mon père et, dans l'urgence, ils ont dû prendre des décisions… Tu comprends?

— Tu plaisantes? rougit Cora, sans se défaire pour autant des bras du garçon.

— Pas du tout! J'te jure : on est en finale!

— On est en finale…, répéta-t-elle plusieurs fois pour y croire. On est en finale… On est en finale! ON EST EN FINALE! ON EST EN FINAAAALE!

Ni une ni deux, le duo survolté se précipita dans les couloirs de l'hôtel pour tambouriner aux autres portes de l'étage. Eliot et Jenn n'allaient pas en revenir…

Une heure plus tard, **LA TEAM** était réunie dans la chambre de Jenn. Les mines déconfites avaient été remplacées par des sourires béats et seuls les yeux rougis trahissaient le manque de sommeil. La disqualification de l'équipe adverse avait entraîné diverses réactions : cris, sauts de joie, danses déjantées…

— Complètement dingo ! s'exclama pour la millième fois Eliot.

La décision des organisateurs, avec l'appui des sponsors, avait été radicale mais ferme : dehors, les tricheurs !

Le père de Théo avait provoqué le déclenchement d'une enquête interne et les joueurs de la team Élite allaient devoir rendre des comptes au petit matin. Dimitri, leur chaperon, allait également faire une drôle de tête en apprenant la nouvelle déjà relayée sur les réseaux sociaux :

« Coup de théâtre ! » « Qualification *in extremis* des Gladiators ! » Il était encore trop tôt pour découvrir la réaction des fans, mais personne ne serait aussi excité que les principaux intéressés.

— Faudrait essayer de dormir, finit par bâiller Jenn, sinon on va être cuits ce soir contre les **NINJAS-S-** !

Les autres acquiescèrent et, après accord de l'intéressée, tout le monde s'installa dans un coin pour squatter la chambre de Jenn. La bande refusait de se séparer de peur de découvrir qu'il s'agissait d'un mauvais rêve.

— Je vous préviens, si quelqu'un ronfle, il est mort ! blagua Cora, épuisée.

Heureusement, point de mauvais rêve. Le matériel litigieux avait été saisi dans la nuit et même la police s'intéressait à l'affaire. Le maître chanteur de Cora allait avoir de sérieux problèmes. Car, contrairement à ce qu'avait pensé Théo dans un premier temps, son père ne se mobilisait pas pour protéger l'image de sa société. Non, quelqu'un avait eu la mauvaise idée de vouloir nuire à son fils ou ses amis, et cela était tout simplement inacceptable à ses yeux.

Le petit déjeuner fut tardif. Une espèce de flottement irréel planait autour des joueurs. Cora avait appris que les adversaires de la veille passaient un sale quart d'heure. Théo avait également tenté de se renseigner, et une rumeur disait que la team Élite avait été recrutée pour rafler la prime de la finale par tous les moyens. Mais Théo n'avait pas obtenu plus d'éléments dans l'immédiat. Tout ce qu'il avait appris, c'était que son père assurerait personnellement leurs préparatifs pour la journée jusqu'à la finale, qui avait été maintenue au soir même.

— Quelqu'un veut du jus d'orange ? demanda Jenn en se levant pour se servir au buffet du restaurant de l'hôtel.

— Bonjour tout le monde, les salua dans l'intervalle le père de Théo, j'espère que vous avez pu dormir un peu, car j'ai pas mal d'infos pour vous, annonça-t-il en prenant une chaise pour s'installer d'autorité à leur table.

Les nouvelles s'enchaînaient depuis la veille, mais celle que leur communiqua le père de Théo les scotcha sur place. Certes, ils auraient aimé découvrir l'identité du corbeau, mais ce point se révéla un détail pour eux lorsque le patron de Computer-Storm leur révéla que les **RÈGLES DE JEU** seraient changées pour la finale.

— Il s'agit de règles très particulières, un mod de jeu imaginé par les développeurs pour mettre du piment dans la rencontre.

Cora, Jenn, Eliot et Théo étaient suspendus à ses lèvres. Il poursuivit :

— Vous n'aurez aucun moyen d'identifier les membres de votre équipe… ni nom, ni couleur, ni signes distinctifs *via* les **SKINS** !

— Hein ? Mais c'est…, s'exclama Jenn.

— Attendez, je n'ai pas terminé ! Il y a plus compliqué, puisque pour cette partie qui sera remportée au meilleur des trois manches, vous n'aurez pas le droit de communiquer ! Autrement dit, vous jouerez à l'aveugle !

Cora resta sans voix, et ce fut Théo qui releva le défi le premier en repoussant son bol de café.

— OK, on reste calmes ! On termine le petit déj' et on file s'entraîner.

— Je valide ! appuya Eliot. On n'est pas arrivés jusque-là pour se dégonfler…

— J'en suis ! approuva Jennifer. On va leur montrer qu'on mérite le respect !

— Eh bien ! Voilà un discours qui fait plaisir à entendre ! souligna le père de Théo.

— Heu… d'accord, mais comment on fait pour avoir des machines dispo avec tout ce bazar ? lui demanda Cora, encore abasourdie.

L'entraînement ne serait pas un problème. L'équipe fut emmenée dans un endroit tranquille, propriété de leur sponsor. Les joueurs n'avaient qu'une hâte : se précipiter sur les manettes à leur disposition. Selon les instructions du père de Théo, ils se passeraient de chaperon. De toute façon, peu leur importaient ces changements de règles exclusives pour cette rencontre… Ils allaient tout donner, et plus encore ! La **VICTOIRE** était à portée de main… mais il ne fallait pas oublier qu'ils ne seraient pas les seuls à la convoiter !

W N

◆ Cora

◆ Eliot

◆ Jenn

◆ Théo

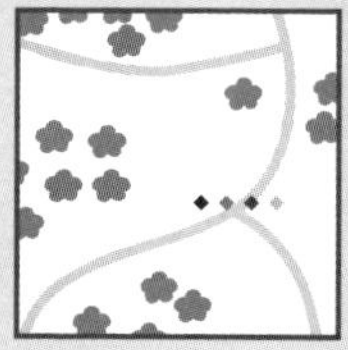

8

19

Un **CHAUDRON**. Voilà où se déroulerait cette finale ! Dans un endroit bouillonnant où s'étaient rassemblés des spectateurs... La folie !

Le présentateur de la soirée s'engagea sur la scène sous les cris de la foule. Il s'empara du micro pour saluer l'assemblée, remercia au passage les sponsors et provoqua le délire en déclamant le premier nom des joueurs de la team Ninja-S- ! Il fallait le voir pour saisir toute l'énergie dégagée autour de cette rencontre. Les joueurs accueillaient leurs stars, d'excellents joueurs qu'ils respectaient pour leur skill, ce **GAMEPLAY** unique et propre à chacun, et aussi pour saluer le parcours de leurs équipes favorites. L'entrée de Chad fut l'apothéose pour les Ninja-S- dont l'équipe était également mixte : deux garçons, deux filles. Mais la variété des **POULES**, groupes et sponsors n'avait pas permis aux Ninja-S- et aux Gladiators de vraiment se côtoyer jusqu'à présent…

En coulisse, Cora avait l'impression qu'on frôlait l'émeute. C'était si impressionnant. À ses côtés, Jenn et Eliot se bouchaient les oreilles, et Théo trouva le moment opportun pour lui prendre la main et la soutenir. Elle se tourna vers eux. Ils étaient beaux dans ces nouveaux t-shirts noirs et verts fluo offerts dans l'après-midi par le père de Théo. Leurs prénoms étaient **FLOQUÉS** au dos, un autre point très apprécié du public. Les Gladiators avaient gardé leurs prénoms, tout simplement, pas de chichis, pas de pseudos pour se cacher ou frimer… Simplicité, efficacité ! C'était ce qu'on attendait d'eux. Alors, Cora s'égosilla pour conseiller une dernière fois à ses amis :

— Soyez vous-mêmes ! Y a que ça qui compte !

Et le présentateur scanda outrageusement le premier nom lié à l'annonce de leur entrée en scène :

— On accueille le bâtisseur de cette jeune formation, l'architecte… ELIOOOOOOT !

La team avait eu beau se préparer, rien ne laissait imaginer pareil moment de grâce. Leurs parents, présents eux aussi dans la salle, se prirent au jeu des spectateurs. Une ola démarra et tous se mirent debout pour reprendre en chœur leurs prénoms : Eliot ! Jennifer ! Théo ! Cora !

Les caméramans balayèrent la foule hystérique de leur objectif avant de revenir sur la meneuse de l'équipe. Mais Cora et les siens étaient repartis dans leur bulle. La finale de ce championnat de **FORTNITE** pouvait commencer, avec un seul principe : que le meilleur gagne !

Il fallait s'y attendre, après la map de la saison 1 ce fut, à l'opposé, celle de la saison 10 qui apparut sur les écrans. Les joueurs allaient donc progresser dans la dernière saison officielle du jeu, au moins jusqu'à l'ouverture du chapitre 2 dont certains **LEAKERS** annonçaient l'arrivée prochaine. Toutefois, les écrans (installés à distances équivalentes pour empêcher toute forme de communication) affichèrent plusieurs précisions à propos des mods tels que les **GRAPPINS** ou batarang de Batman qui ne seraient pas disponibles pour ces manches. Il en était de même pour les déplacements en véhicule, pour maintenir une tension constante lors des phases de tempête. En revanche, les bulles protectrices ou les pièges comme le **REBONDISSEUR** étaient réintroduits dans cette partie. La carte en cours, avec sa météorite figée dans l'espace-temps, était découpée en cinq zones plus ou moins distinctes :

la zone désertique de Paradise Palms, celle glaciaire de Polar Peak, et enfin les parties verdoyantes délimitées en trois secteurs principaux, Pleasure Plan et sa rivière de **LAVE**, Pleasant Park et ses points **SATELLITES** comme le Block ou Megal Mall, avec à l'ouest le fameux Dusty Depot, lieu d'affrontements contre la team précédente. Évidemment, pour éviter les ententes préparées et corser la difficulté, les joueurs n'eurent pas le loisir de choisir leur point d'atterrissage et apparurent sur la carte de manière aléatoire.

CORA

La meneuse des Gladiators débarqua au cœur des champs de Lucky Landing, à l'extrémité sud de la carte. Elle s'élança sans stress dans l'inspection de la zone.

Ils vont vouloir ménager l'effet de surprise... Il y a peu de chances que deux joueurs soient largués directement sur les mêmes objectifs.

Il s'agissait d'une simple théorie. La prudence restait de mise, mais elle commença à ramasser un équipement conséquent alors qu'on annonçait un rétrécissement de la tempête, droit au nord, dans les environs de Lazy Lagoon. Cora ne perdit pas plus de temps. Le timing serait serré. La collecte d'informations sur les positions ennemies se ferait au fur et à mesure de sa progression. Le premier objectif des Gladiators était de pouvoir s'identifier pour se regrouper et faire front contre l'ennemi.

THÉO

La stratégie mise en place par Cora était bonne, Théo en était convaincu. Il était apparu dans les bois, du côté de Lonely Lodge. Alors, une fois armé, il en profita pour **FARMER** quelques compos bienvenues tout en restant aux aguets. Hélas, toute récolte a l'inconvénient de signaler la présence de celui qui s'y livre, et un soldat fit son apparition sur la ligne d'horizon d'une colline. Théo switcha aussitôt pour le fusil d'assaut vert qu'il possédait et entama le dressage de deux parois superposées avant de leur ajouter deux pans inclinés à l'arrière. Une fois en hauteur, il prit le risque de s'exposer et sauta à trois reprises sur place, selon le code fourni par Cora en signe de reconnaissance. Le soldat inconnu ne tarda pas à l'imiter... Théo attendit un peu. Il approcha et il engagea le tir.

— Raté ! Tu aurais dû sauter deux fois, nigaud !

Le soldat termina à terre, et l'information tomba du côté des Ninja-S- dont le nombre fut réduit à trois.

La soigneuse de la team Gladiators fit un **POP** en plein Loot Lake. Jenn commença par fouiller une grande bâtisse, mais elle eut beaucoup moins de chance que ses coéquipiers et tomba presque nez à nez avec deux autres joueurs. Une étrange danse démarra au sein de ce trio où chacun se précipita illico derrière un meuble pour s'abriter et observer les autres. Jenn lança un fumigène pour tenter de s'échapper. Elle n'avait looté que du blanc et de malheureux bandages, mais n'avait aucun doute sur l'identité des autres soldats. La fuite était sa seule option immédiate, et elle se précipita vers l'issue la plus proche. Malheureusement, quelqu'un avait placé un piège rebondisseur sur un mur ! Elle fut renvoyée directement en arrière, au cœur de la mêlée, avant d'être mise hors jeu. Les Ninja-S- venaient de rétablir l'équilibre des participants en lice.

ELIOT

Eliot fut le dernier à rejoindre ses coéquipiers. Il avait profité d'un nouveau rétrécissement de la tempête pour suivre les consignes de Cora. Il s'était donc dirigé vers le sud-est du cercle délimité sur la carte, pour y retrouver deux autres soldats… Vite, il opta pour sauter quatre fois sur place, et la réponse reçue fut fidèle aux décisions prises pendant l'entraînement :

CORA

— Si vous croisez un joueur, sautez sur place deux, trois ou quatre fois… En réponse, l'autre sautera une fois de moins pour éviter un copieur. OK?

Les trois joueurs étaient donc réunis, et ils se lancèrent sur-le-champ dans une traque impitoyable. Un autre joueur Ninja-S- en fit rapidement les frais tandis qu'il sortait d'une maison isolée : **BAM ! BAM ! BAM !** Sa bulle protectrice ne fit pas long feu : 3-2 pour les Gladiators ! Le fight se transforma bientôt en un face-à-face entre constructeurs, mais Eliot bénéficiait d'un protecteur supplémentaire. Un tir de sniper retentit et fut suivi par deux roquettes de Cora. La riposte des Ninja-S- ébranla à peine l'édifice imposant bâti par l'architecte. Cora sonna la conclusion de leur affrontement par un nouveau tir de roquette lorsque le joueur des Ninja-S- chercha à secourir son partenaire.

La salle, qui exultait à chaque action, s'enflamma à l'affichage du score sur les écrans géants. Malgré cela, les visages des joueurs demeurèrent complètement fermés. Les deux équipes étaient toujours plongées dans leur match. Il ne s'agissait que d'une étape, et la victoire n'était acquise pour personne. Poursuivant son show, le présentateur invita les deux teams à quitter la scène pour rejoindre leurs loges respectives. Une brève occasion pour les joueurs de se désaltérer et de définir la **STRATÉGIE** suivante à adopter.

W N

- Cora
- Eliot
- Jenn
- Théo

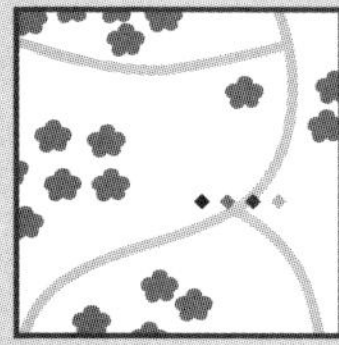

8

20

3… 2… 1… Destination **POLAR PEAK**.

Théo fut projeté au beau milieu de la zone polaire. Le deuxième round venait de démarrer, mais le joueur était confiant puisque la pression n'était pas dans son camp. Les Ninja-S- n'avaient pas anticipé correctement les nouvelles règles et ils n'étaient pas parvenus à mettre à profit la belle unité dont ils avaient fait preuve lors des tours précédents. Il fallait avouer que ces parties à l'aveugle étaient assez déstabilisantes pour des joueurs qui avaient l'habitude de communiquer faits et gestes durant leur progression.

Aucune mélodie distinctive, toujours pas de coffre après une troisième fouille en règle.

Heureusement qu'il y avait ce fusil en pleine montagne…

Soudain, il sursauta. Sa quête d'équipement l'accaparait tellement qu'il venait de se laisser surprendre. Un autre soldat le tenait en joue, posté à quelques mètres de lui. Il sauta deux fois sur place, et Théo répondit par un seul saut. Le signe de reconnaissance accompli, il se remit en quête de coffre avec son allié providentiel.

— Au moins, j'ai quelqu'un pour me couvrir si ça tourne mal !

Un retour à Loot Lake ? Jenn trouva la coïncidence mal venue.

Pff ! C'te blague !

Par chance, cette fois, le secteur semblait totalement désert. Elle se lança dans une scrupuleuse chasse au trésor et continua de se réjouir de sa bonne fortune en lootant un fusil à pompe épique alors qu'un ballon amorçait sa descente avec son chargement mystère sur le toit d'un garage à proximité.

Et un légendaire pour…

Jenn s'interrompit. Une silhouette venait de se détacher sur la rive opposée. Le soldat ne l'avait pas remarquée. Il commença à traverser le lac en disposant des plaques sur l'eau, sans se soucier de sa présence. Toutefois, cette arrivée ne l'inquiéta pas outre mesure. Eliot n'aurait pas besoin de faire le code. Jenn reconnaissait facilement la façon dont le garçon organisait ses différentes constructions. Elle-même devait sûrement avoir certains tics de jeu car il finit par la voir et la reconnaître également. La **TEMPÊTE** resserra son étau vers Polar Peak et ils s'élancèrent ensemble vers le grand froid.

Polar Peak. Cora devait traverser la carte à l'horizontale pour un changement climatique radical depuis le désert de Paradise Palms.

Toujours personne, pas une ombre…

La situation n'allait pas durer. La team avait modifié les coordonnées de ses points de rendez-vous en décidant de se rassembler au nord des zones épargnées par la tempête. Elle continua sa course en balayant le décor du regard. Les Ninja-S- étaient prudents, elle le savait. Ils ne se laisseraient pas avoir aussi aisément qu'au premier round. Elle **SWITCHA** pour le fusil à lunette légendaire qu'elle avait pu récupérer sur un ravitaillement aérien au passage et inspecta le point de rendez-vous. Elle aperçut ses coéquipiers avant de grimacer… car ils étaient déjà quatre !

La team s'était réunie au nord de la zone comme prévu… Restait à trouver où les Ninja-Sse planquaient ! En sautillant, Cora leur fit signe de la suivre à l'intérieur d'une habitation qu'elle venait d'inspecter. Théo ferma la marche et comprit trop tard son erreur… Le premier joueur qu'il avait rencontré n'avait jamais été Cora, et le piège se referma sur eux.

CORA

Les grenades détonèrent. Cora aurait crié si elle avait pu… Elle avait bien essayé de rattraper ses amis pour les alerter, mais il était trop tard ! Le score s'afficha, impitoyable. Trois joueurs avaient été éliminés d'un seul coup !

La gameuse quitta brièvement sa bulle, happée par les cris du public qui scandait le nom du coupable pour le féliciter de son stratagème : Chad ! Chad ! Chad !

Retour au jeu, elle fut rappelée à l'ordre par une salve de tirs des filles de Ninja-S-. Mais, Cora le savait déjà, à quatre contre une… la partie était perdue d'avance. Aujourd'hui, les miracles ne se looteraient pas à Polar Peak !

Les deux équipes étaient désormais à une manche de la victoire. Tout allait se jouer dans ces prochaines minutes, et le présentateur ne pouvait espérer meilleur scénario pour faire son show… La salle tout entière entonna le compte à rebours : 3… 2… 1… **GO ! GO ! GO !**

JUNK JONCTION, tout au nord-ouest de la carte. Cora grimaça. Sauf exception, elle aurait forcément du trajet à accomplir pour se préserver de la tempête. Elle loota deux coffres presque côte à côte sous un toit et prit l'initiative de partir vers le centre de la map.

La défaite précédente avait laissé des traces. Elle devait reconnaître que c'était bien joué.

Chad s'était parfaitement mêlé à ses coéquipiers avant de leur tomber dessus comme la foudre. Mais elle aussi avait plus d'un tour dans son sac… Cora avait donné de nouvelles consignes pour cette ultime manche. Les Gladiators jouaient le tout pour le tout. Certes, ils pouvaient perdre, mais pas avec des regrets !

Une troisième apparition à Loot Lake aurait été un sacré gag, mais elle n'aurait pas la même zone trois fois d'affilée et ce fut une apparition à Dusty Depot… Problème, Jenn n'était pas seule ! Elle le découvrit en se dirigeant vers la mélodie d'un coffre qui cessa brutalement… Quelqu'un venait de l'ouvrir avant elle, et une silhouette se détacha sur sa ligne de visée. Cora le leur avait dit, il n'y avait plus à hésiter. Elle ouvrit le tir et le duel s'engagea. Il y avait une chance sur deux qu'elle mette à terre l'un de ses propres coéquipiers, mais le score qui s'afficha à l'écran fut en défaveur des Ninja-S-. Ils avaient perdu l'un des leurs.

Jenn ne pouvait pas le voir, mais l'une des joueuses de l'équipe adverse venait de lâcher sa manette, dépitée.

Un contre un. Le cas « Chad » était une affaire personnelle pour Théo. Il se rua à travers les collines d'Haunted Hills avec cet objectif en tête. Son équipement était sommaire, du vert. Il l'améliorerait peut-être au fil de ce **ROUND**. Mais, pour l'instant, il cherchait une piste. La tempête était annoncée. Il était dans la bonne zone.

Où j'irais à ta place ?

Pleasant Park ? Chad préférait les zones urbaines, mais il voudrait sûrement bénéficier d'un maximum de possibilités. En cela, Neo Tilted, ville légèrement à l'écart du centre de la map, offrait plus d'options, notamment au niveau de la verticalité. Les snipers aiment toujours prendre de la hauteur…

Théo campa dans un bush et attendit ainsi quelques secondes. Elles se transformèrent en minutes. S'était-il trompé ? Il commençait à le croire, lorsque le soldat fendit les herbes, courant de toute sa vitesse pour rejoindre la ville.

Trop tard ! Je t'ai vu !

ELIOT

Eliot ne savait pas s'il devait sourire ou pas au nouvel affichage du nombre de joueurs : quatre Gladiators contre deux Ninja-S-. Son début de partie avait pris corps à Salty Springs et tout se passait bien jusqu'à ce qu'il tombe dans une embuscade. À présent, il était coincé à l'intérieur d'un camion semi-remorque dans lequel il avait trouvé refuge, mais deux tireurs attendaient de le voir sortir.

La stratégie de Cora d'ouvrir le feu à vue était risquée de prime abord mais, d'une certaine manière, elle permettait également aux Gladiators de se reconnaître. Et puisque les deux soldats planqués à l'extérieur avaient hésité à le dégommer avant qu'un des leurs ne tombe, Eliot n'avait plus aucun doute sur leur identité.

Mais son équipe avait toujours l'avantage. Il switcha pour un fusil à pompe, prêt à une sortie en force.

Préparez-vous, les gars… parce que je ne partirai pas tout seul !

Ou personne ne tombe, ou on tombe tous !

Jenn reprit d'instinct son rôle de sauveteuse de l'extrême. Elle fonça dans le dédale de voitures pour ranimer son équipier.

Après sa sortie héroïque, elle aurait juré qu'elle allait secourir Cora. Mais c'était bien Eliot qui était au sol. Les balles fusèrent et l'une d'elles pulvérisa son bouclier. Soudain, deux autres salves de tirs vinrent la couvrir et empêcher une bonne visée de leurs agresseurs.

L'œil du cyclone se referma un peu plus. La fin du jeu était proche. Une détonation plus sèche résonna comme un signal, une seconde ne tarda pas à suivre. Les avatars des deux joueurs de Ninja-S- libérèrent leur butin sans autre cérémonie et le tonnerre frappa la salle.

Un logo Gladiators apparut aussitôt sur tous les écrans. Il avait été dessiné par Jennifer. On y voyait un trèfle à quatre feuilles où les initiales des joueurs figuraient sur chaque pétale : C. T. E. J.

C'était sa petite surprise au cas où… Mais un mot tournoyait au-dessus du logo pour lui montrer qu'elle avait bien fait : **VICTOIRE** !

21

Qu'on soit gagnant ou perdant, une team doit toujours saluer ses spectateurs ! C'est une question de respect réciproque, une façon de remercier les supporters pour leurs encouragements. Et dans le public, des encouragements, il y en avait eu ce soir !

Les Ninja-S- se plièrent volontiers à l'exercice, après avoir été saluer d'une poignée de main les gagnants de cette finale.

— Félicitations, glissa Chad à Cora à cette occasion.

— À charge de revanche, répondit-elle.

Ce fut bientôt aux Gladiators de se diriger vers le devant de la scène. Le présentateur ne rata pas l'opportunité de hurler leurs noms à tour de rôle :

— ELIIIOOOOT !

— JENNIIIIFEEEEEEEEER !

— THÉÉOOOOOOOO !

— Et… leur leader… j'ai nommé…

— CORA ! CORA ! CORA ! entonnèrent près de 10 000 personnes.

La jeune fille approcha, le visage rouge cramoisi devant autant d'attention. Théo se pressa d'aller à sa rencontre pour lui prendre la main. Puis il fit la même chose avec Jenn qui l'imita avec Eliot. Ensemble, ils levèrent les bras au ciel.

Ce fut le point de départ d'une incroyable vague d'applaudissements. Elle redoubla, comme si c'était encore possible, quand plusieurs vinrent les rejoindre pour leur remettre la **COUPE**.

Eliot aperçut son père lever un pouce vers lui. Les familles des joueurs s'étaient rassemblées aux premiers rangs. Ils étaient tous réunis pour l'occasion, et même les parents de Cora avaient fini par s'intéresser à ce « Fortnite » dont on leur rebattait les oreilles. À cet instant précis, tout fut oublié, et seule la fierté brillait dans les regards. On pouvait parler d'un moment de grâce.

Pourtant, quelqu'un manquait à l'appel ! Dimitri, le chaperon désigné de l'équipe, n'était pas là et ne le serait pas. Théo et son père avaient conservé l'information le plus longtemps possible pour ne pas venir perturber la concentration des joueurs, dont celle de Cora en particulier.

On invita la team à rejoindre provisoirement les coulisses pour souffler un peu. Ils furent escortés par le père de Théo, qui trouva le moment opportun pour tout leur révéler.

— Quoi ? sursauta Eliot. C'était lui, le corbeau ?

— Mais pourquoi il a fait ça ? demanda Jennifer, tout aussi intriguée.

Le père de Théo leur demanda de s'approcher en demi-cercle pour développer :

— Nous avons découvert que Dimitri avait été recruté par une société concurrente de la mienne dont le but principal était de torpiller la notoriété de Computer-Storm. Une sorte d'espionnage industriel, si vous voulez… Alors, il a recruté les joueurs d'Élite en leur promettant le partage des gains ainsi que d'autres avantages… Et en ce moment même, il est en train de s'expliquer auprès des autorités…

Voyant le désarroi sur le visage de Cora, le père de Théo ajouta à son attention :

— Pour mettre toutes les chances de son côté, cet idiot s'en est pris à la tête pensante de votre équipe… toi, Cora ! L'idée était de te déstabiliser, mais c'est là qu'il a fait sa plus grosse erreur… Il ne suffisait pas de trafiquer les consoles ou d'essayer de soudoyer une personne… Vous êtes quatre, pas vrai ? C'est toute votre force, conclut-il avec un sourire, alors, longue vie aux Gladiators !

Et comme un écho, le public réclama leur retour sur scène : Gladiators ! Gladiators ! Gladiators !

Le père de Théo aurait tout le temps de leur parler plus tard des futurs projets qu'il réservait à l'équipe. Il était juste satisfait de voir son fils heureux avec ses amis. Quatre amis qui, se tenant la main, revinrent sur scène pour manifester leur unité… C'était leur première victoire. Et, peu importait le jeu, ce ne serait pas la dernière, car l'amitié sort toujours **GAGNANTE** !

FIN

DÉCOUVRE LE PROCHAIN DÉFI
DE LA TEAM EN JUIN 2020 !

DÉCOUVRE D'AUTRES AVENTURES PALPITANTES !

DÉCOUVRE D'AUTRES AVENTURES PALPITANTES !

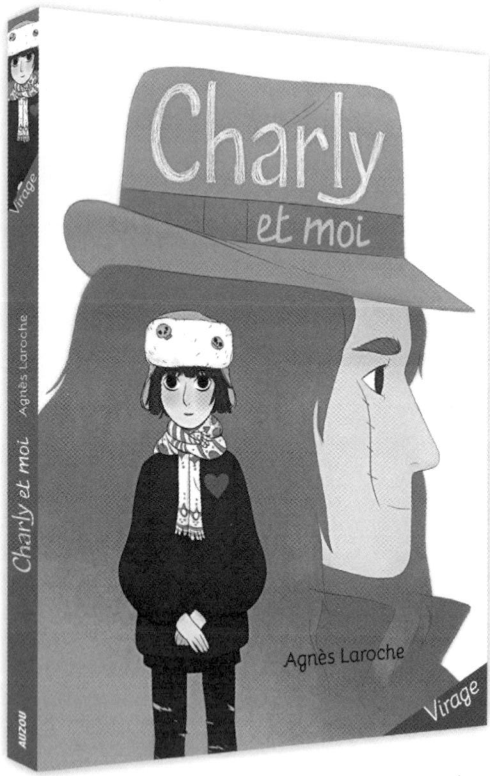